サマル・ヤズベク　柳谷あゆみ 訳

歩き娘　المشّاءة

シリア・2013年

白水社

歩き娘——シリア・2013年

行方不明のラザーン・ザイトゥーナ*に

＊　一九七七年生まれのシリアの弁護士・人権活動家。国内で人権保護活動に取り組み、二〇一一年にはシリア人権侵害証拠収集センターを設立した。それらの功績によりサハロフ賞を受賞、国際的な評価を受けたが、二〇一三年十二月九日に誘拐され、消息を絶った。

装丁　細野綾子

装画　Issam Tantawi

あなたが紙の触り心地を気にする人なのか、紙の表面を指で撫でるとき、私がするみたいにするのかどうかはわかりません。手書きの数行の上に指を滑らせるときの、この感じをどれだけ細かく書き加えても役に立たないでしょう。

今、私はあることを考えているんです。仮に、ボール箱の中に積み上げられたこの膨大な量の紙を広げたら、私の頭上を旋回している飛行機と同じ大きさの紙飛行機だって作れるだろうって。でも、今、私の気にしていることを、私以外の誰かも気にかけているかもしれない、なんて思わないでください。

私があなたに宛てて書いているものは、一切合切、なくなってしまいます。もし何かの機会に、あなたがこれを読んでくれたとしたら、めったにない偶然が起きたということになるんです。私がほかの人たちと違っているのと同じこと。それだってめったにないことだから。

物心がついてからずっと、私は歩くのをやめられないんです。立ち上がると歩き出しています。歩いて、さらに歩いて。その道には終わりがないように見えます。足に導かれるまま歩く。足についていくだけ。どうしてこんなことになってしまったかは自分でもわかりません。あなたも、そこは理解しなくていいんです。この私に憑いている謎は、あなたが何を理解するかに頓着しないから。

これを試してみてください。飛行機の騒音から逃れることのできる、とても効果的な方法があるんです。

まず白い紙を一枚、そうっと引き抜く。まだ紙はいっぱい残っているけれど、紙の包みの上に積んだままにしてはだめです。崩れてしまうから。心臓の動脈に触れるみたいに白い紙をそうっと引き抜いたら、それを何か表面の固いものの上に広げます。私の場合、コーヒーを運ぶお盆を裏返して机代わりにしています。そして包みの中に見つけた青いペンを手に取り、始めるんです。

声がはっきりしないうちは、始めないこと。倒れるまで手を止めずに書き続けること。疲れて気を失うまで。気を失ったとしても、それは疲れてしまっただけで、もう恐怖のせいではないはずです。青いペンを走らせ、真っ白なページの上で言葉と遊ぶ。目的が叶わなかったとしてもかまわない。たとえば、私の書きぶりがよくなかったとか、白い紙があなたを好きにならなかったとか、あるいは飛行機の轟音がなくならなかったとしても。

あなたが誰なのかは知りません。けれど、あなたはこの言葉を読んでくれているはずだから、今、そのことはたぶん大して意味がありません。あなたは誰でもない人のままでいいから。私の話はだいぶ脱線してしまうかもしれないけれど、どうかあまりいやがらないでくださいね。私はほかの子たちと違って、学校で教育は受けなかったけれど、内容はわからずに文章を覚えただけのときもあったとしても、出会った本は全部読んできたんです。
内容が理解できなかった本もたくさんありました。でも、分厚い本を、それも美術の歴史の本を開いてページを一心にめくっていると、スアード女史はそんな私を見て、嬉しそうに笑っていました。

私を怖がりだとは思わないでくださいね。でも思うんです。私という存在は、神がときどき見過ごしてしまうか、その陰に無情な意図があるかして生まれた、数ある間違いのひとつなのだと。というのは、さっきも言ったけれど――このことは、常に心に留めておいてほしいんです――私をつかさどる精神は、頭ではなく下の足のほうにあるので、この足の呪わしい勝手な動きを自分では止められないんです。いつか私を歩きに歩かせてほしい、意識を失うまで歩かせてほしいと夢見たことがありました。それが、私のやってみたかったことなんです。そうすれば足が私をどこへ導いてくれるのかが、わかるはずだから。

お母さんによると、私がほかの子たちと違っていることは早くから知られていたそうです。私は自分の足で立てるようになると、すぐやみくもに前進していったんだとか。これって変ですよね！　でも、信じてもらわなくてはいけません。
最初、私はある種の知的障害なんじゃないかと思われたそうです。けれど、お医者さんたちは知能は正常だと断言してくれて、お母さんも、気狂い病院と呼ばれていた精神病院に私を入れようとはしませんでした。周りに不気味がられても、私は別にどうってことはなかったんです。長い間ずっと、外の世界と関わるのがいやで、「舌」と呼ばれている、口の中のこの重たい筋肉を動かしても何の役にも立たないと思っていました。

私は歩くのをやめられない、ということをお母さんは理解したんですが、初めのうち、私にはそれがどういうことかよくわかりませんでした。色というものを初めて認識したのがいつだったかも覚えていないし、自分に小さな鼻があって、「ピスタチオの実みたいな」唇――お母さんはよくそう言っていました――があると気づいたのがいつかも、初めて枷《かせ》がつけられたときのこともよく知りません。お母さんは、移動するときは私の右手を自分の左手に繋いで、丈夫なベルトや紐で二人の手を結わえていました。仕事中は、別のやり方で私を繋ぎました。そうしながらお母さんは泣いていたけれど、このやり方はある日お母さんがいなくなってしまうまで、ずっと繰り返されてきました。これからどうやって私を繋いでいたか教えますね。

私を動かす頭は足のほうにある、と初めてほかの人が知ったときのことは今も覚えています。その頃、私は四歳で、お母さんが働いている学校に一緒に行っていました。お母さんは、トイレと教室の清掃と、教員室と校長室にコーヒーや紅茶を運ぶ仕事を受け持っていたので、私は学校で清掃員室に繋がれていました。

ダマスカス中心部にある学校でした。うちはダマスカス南部のムハイヤム・ジャラマーナー（ジャラマーナーはダマスカス郊外県グータの町。ムハイヤム・ジャラマーナーはイラク戦争による難民キャンプが置かれた地区の名）の外れにあったので、学校から帰宅するまでに二台のバスを乗り継がないといけませんでした。――あなたが、この場所を知らなかったら嬉しいんですけど。

お母さんが、私は歩くのをやめられないとわかったあの日、お母さんは清掃員室の戸棚の抽斗の鍵を掛けるのに、私を繋いでいた結び目を解いていました。そして結び直そうと自分の手首に手をやると、はっと息を吞んで、振り返ったんです。ほんのわずかな時間でした。お母さんは頭に巻いていた布を直し、それから部屋の外に出ていき、数分だけいなくなりました。

その数分のうちに、私の足は急いで歩き出しました。外で、学校の鉄の門の前で、私は何をしたんでしょう。それはわかりませんが、お母さんが私を繋いでいた結び目を解いた瞬間、足の指に翼が生えた気がして、私は通りのほうに向かいました。たった数分のことですが、私は別世界にいました。あのときは泣きたい気になんかまったくならなくて、完璧に満ち足りた気持ちで自分の足についていきました。本当にそんなことが起きたんです。周りを気にすることなく、私は通りを、歩道を、脇目もふらずまっすぐ歩いていきました。

やがて周りに人垣ができてきて、私は捕まってしまいましたが、足の動きは止まりません。声はあげませんでした。名前は何というの？　家族は？　と次々に訊かれ、あのときから、私は自分で言葉を発することができなくなってしまいました。というか、そう思っています。自分がどんな声で話をしていたか覚えていないからです。『クルアーン』を朗詠するときに出てくる声を除いて。

私は自分を取り囲む人たちの口を見ていました——壁に開いた、いくつもの小さな穴のような。

そのあと何があったかもぜひ知っておいてもらいたいんです。どのくらい時間が経ったのか、気づくと、お母さんが突然そこに立っていて、泣きわめきながら両腕で私を抱き上げていました。私は年齢の割に体が小さく、まだ三歳になるかどうかと思われていたほどで、お母さんは私を抱えて走りました。

お母さんは何が起きたかを話さず、私に言葉を発するよう仕向けたりもしなかったけれど、私の状態を理解するためにお医者さんを回るうちに四年が経ちました。あれ以来、私はついに自分から話すことができなくなって、声が出るのは『クルアーン』を読誦するときだけです。これは別の話ですから、いずれあなたにお話ししますね。

今、自分が読んでいるのは作り話だなんて思わないでくださいね。私が書いているのは、現実にあったことです。私は書くことで、何が起きたかを理解しようとしているんです。

私たちの生活は元通りになりました。私は相変わらずお母さんにくっついていましたが、学校では図書室長の部屋で過ごすようになりました。お母さんは皆に好かれていたので、誰もが進んで助けてくれたんです。

お母さんは、ひっそりと控えめで、儚げなところがあり、無口でした。美しい人だった。唇の上には柔らかな産毛が二筋生えています。引っ込み思案で、口数の少ない人でした。うつむいて歩くせいで、背中のこぶ状の盛り上がりが年月が経つにつれて高く大きくなっていくように見えました。優しくて物静かな人でした。でも、怒ったときは違います。叫び声をあげて、両目がきらきら輝き、火花が散るんです。それを見たくて怒らせようとしたことさえありました。たいてい失敗に終わったけれど。

私みたいな娘を持つなんて。そんなことが想像できたら、正気を失ってしまうかもしれませんね。

お母さんは、お父さんがどこに行ったのか決して私に言いませんでした。ある日、いきなり言われたんです。お父さんは旅に出たの、と。そしてお父さんのことは二度と、まったく話題にのぼらなくなりました。私が歩くのをやめられないことと、話すことができないことが発覚したちょうどその年のことでした。

学校の図書室で、私の人生は一変しました。五歳になり、文字の書き方を覚える前と後とではまったく別の世界です。何年もの間、私はあの部屋で延々歩いていました。スアード女史という図書室長が見守る中、私はぐるぐる歩き回っていました。スアード女史は、私がこれまでの人生で出会った誰よりも私を気にかけてくれた人です。スアード女史にはまた別の話もあるので、そのうちお話ししますね。もし私が生きられる運命にあったら、あなたに伝えたい話がたくさんあるんです。

今、私がすべきなのは、お母さんがどんなふうにいなくなってしまったかをあなたに話すこと。

年頃になって月のものが来るようになると、お母さんは、尊厳を守るために私は家にいるべきだと決めました。私には二歳年上の兄さんがいて、私は頭を布で覆うようになりました。多色染めのヒジャーブ（イスラーム教徒の女性が頭や体を覆う布）で、私はそれを薔薇の花の形にして被っていたんですが、これは笑みがこぼれるほど嬉しいことでした。お母さんは私を部屋にひとつしかないベッドに繋いでから仕事に出かけました。夏の数か月は、お母さんも家にいて私と一緒に過ごしました。

あの日、私は、これから起きることを知りませんでした。私たちの人生は、足元からひっくり返るように変わっていったからです。

飛行機の騒音が聞こえ、近所の人たちが姿を消していき、軍服を着た男の人や私服姿の男の人たちが家々を襲いました。その人たちはそれを「治安パトロール」と呼んでいました。私は何が起きているか注意深く観察はしていたけれど、理解できずにいました。兄さんは大学に通っていたので、私もお母さんも兄さんの姿を前ほど見なくなっていました。

私たちの家は一間きりで、中に台所とトイレがありました。私たちは台所で行水していました。お母さんはいつも見張り番のように動き回っていて、私は生まれてこのかたずっと足の向くままにしかならず、話すこともできず、兄さんはいつも怒っていて、その数か月はいつにも増して気が立っているように見えました。盗みや殺人を働く集団についての話をテレビでやっているのを聞いていたら、兄さんは「こいつらは嘘つきだ」と言ったんです。お母さんは、黙りなさい、と言って兄さんを怒鳴りつけました。

私のベッドはきれいでした——私はお母さんと一緒にそこで眠ります。物心ついてからずっと、私はベッドの一角で過ごしています。ベッドの下の箱の中に、図書室でもらった本と、金文字で題字が印刷された大判の『クルアーン』をしまっています。『クルアーン』の文言は暗記してしまいました。

そんなふうに私は暮らしてきました。お母さんが私を繋ぐのに使っていた紐は、部屋の中を歩き回るのに十分な長さで、私は窓まで辿り着き、思う存分そこから頭を出すことができました。お母さんも兄さんも、外出するときはしっかり戸締りをしていきます。家で私は、スポンジの詰まった枕も敷物も苦手だったので、いつもベッドの上に座ったままでいました。

ベッドが私の全世界でした。一日に何度も私はベッドを清めました。ベッドのシーツは手洗いします。ベッドの上には大きな枕が二つと、私が抱いて眠るための小さな三角形の枕がありました。その枕は緑色の布地に赤い花が刺繍してあって、夜になると、私はそれを足の下に置いて寝ました。前にも言ったように、私の頭は私の足よりも立場が下なんです。私の頭は、私自身にもわからない、謎めいた頭脳でしかありません。

ベッドは銅製ではありません。木製で、とても大きくて頑丈です。私はよく空中に飛び跳ねては、ベッドの上に身を投げ出しました。ベッドのマットレスと木製の収納箱の間に、私は紙類や色とりどりの袋や、お母さんが壁に貼らせてくれなかったお気に入りの絵をたくさん隠していました。ベッドと壁の隅とを隔てる空間には、本やペンや色鉛筆などスアード女史からの贈り物を入れた箱がありました。この箱のことも、その中の本や紙やリボンでできた花のことも、いずれあなたに話したいと思っています。私は、お母さんが使っている鉄製の棚は使わずに、自分の服は壁に面したベッドの隣の木箱にしまっていました。実際、私はあまり服を持っていませんでした。きれいな色のパジャマならたくさんあります。「泥棒市場」という、古着を安く売っている市場でお母さんが買ってくるんです。何週間かはそれを寝間着にして、そのあと家を掃除する雑巾にします。お母さんが買ってくるのはたいていすっかり着古されたものだったけれど、どれも私が好きな色だったので、そんなのは大したことじゃありませんでした。

あの日、お母さんと私は小さな白いバスに乗っていました。ある検問所で私たちの乗ったバスは止められました。例によって、私の右手とお母さんの左手は長さ二メートルもない太くて短い紐で繋がれていました。私はバスの窓側の席に座っていましたが、周りにあるもの全部が異様に見えました。二年近く、私は生まれ育った街区から出ていなかったんです。

その日、私は心底幸せでした。スアード女史に会いに行く——お母さんと一緒に来てちょうだいと招かれていたんです。特にあのときは、そんなふうに訪ねていくのは私にとってとても大事な出来事でした。そのお出かけの途中のことでした。

バスで——正則アラビア語では「乗合自動車《ハーフィラ》」と呼ぶべきだけれど、その呼び方は好きじゃないんです——漂ってくるあの変な臭いのことは想像がつきますよね、人々の体臭がして、夏は暑くて、窓を開けると熱風に焼かれます。私はただ前方を見ていました。
バスが止められるのはこれで二回目でした。大きな検問所ね、とお母さんが言い、二人の乗客がバスを降りていきました。そのうちの一人は、このごろは歩くほうが早いや、あと三つ検問所があるんだから、と言っていました。ダマスカス中心部に着くには、検問所を通過しないといけません。その先にはスアード女史が住んでいます。スアード女史の家はナジュメ広場（ダマスカス市内アサド橋近くの広場）の近くで、学校から程近いところにありました。そこまで辿り着くには、あと三つ検問所を通過しないといけません。

もちろんあなたも検問所のことは知っているでしょう。でも私は、その頃までダマスカスでそんなものを見たことがありませんでした。周りでは検問所の話でもちきりだったけれど、私は現実問題として意識したことがなく、そのことに対する好奇心も湧きませんでした。検問所の様子は、場所によってさまざまでした。

人々が自転車を使い始めたことに私は少し嬉しくなりました。うちにも、兄さんがバーブ・トゥーマ（ダマスカス旧市街の地区）のレストランにウェイターの仕事に出かけるときに乗っていたのが一台あって、私は一所懸命に兄さんの自転車を磨いてきれいにして、ハンドルの周りに色とりどりのリボンを結びつけました。それから小さな絵を描いて、ハンドルの両端にくっつけました。手のひらほどの大きさの紙に、五本の足と、別々の色の三本の紐と、青い手のひらを描いて、それを兄さんのお守りとして透明なセロハンテープでハンドルの端にぐるりと巻きつけたんです——兄さんは私のすることに興味を示さなかったけれど、特に文句を言う様子もありませんでした。

私は窓側の席にいました。検問所の話に戻ります。

自転車に乗っている人たちをバスの窓越しに見つめながら、私はうらやましくなりました。私も乗せてほしいな、一生に一度のお願いだから、と考えていました。自転車は車の長い列で止まることもなく、やすやすと検問所を越えていきました。

叫び声が聞こえたとき、検問所は私たちのすぐ目の前にありました。あなたは検問所が何かを知っているはずだから、説明は不要ですね。ただ、私はその言葉とそれが意味するものの関係が気になって仕方ないんです。そこにいたのは、年齢もばらばらな男の人たちの集団で、何人かは軍服を着ていました。

私服姿の男の人たちは国民防衛隊（二〇一二年夏以降にシリア政府によって組織された志願兵を中心とする親政府民兵組織）よ、とお母さんが言います。国民を見守り、安全を守るために最近結成された部隊だとテレビで言っていました。あいつらは傭兵の集団だ、と兄さんが言うと、黙りなさい！　とお母さんは怒鳴って窓を閉め、兄さんの手を摑んで台所に引っぱっていきました。

台所というのは、部屋を二つに区切るカーテンの向こう側のことです。私のお気に入りの遊びは、このカーテンに四角い穴を開けて台所のナイフの切れ味を試すことでした。カーテンの生地はごわごわしていて、片面はビニールで、もう片面は色とりどりの四角形の模様がプリントされていました。私が何をしていたかというと、ナイフで赤い四角形を切り抜いてそれを集めていたんですが、これにはお母さんがものすごく怒って、ついに台所にあった三本のナイフを隠してしまいました。私が集めた四角形のありかはお母さんにも兄さんにもわからずじまいでしたが、ある日、兄さんは、赤い四角形で飾られた自分の自転車を撫でながら、私を見て片目を瞑りました。次の日、兄さんは私に赤いシール紙と小さな鋏を持ってきてくれました。

　そんなことをしていたおかげで、私は自分で開けた穴越しに、途切れ途切れではあったけど、カーテンの向こうでお母さんと兄さんが何かを言っているのを見ていました。二人が言い争っているのがわかりました。お母さんは震えながら兄さんの手首を摑んで、泣き腫らした真っ赤な目で見つめています。私はというと、自分で開けた四角い穴から漏れて揺れ動く光の斑点に気を取られていて、その光はカーテンに面した壁に、鳥の群れのように揺らめいていました。私がカーテンを引くと、兄さんが蠟人形のような奇妙な目をして黙って出ていきました。

　いまや、私たちはお母さんと兄さんの喧嘩の理由となった検問所のひとつの前にいました。この検問所はムハーバラート（シリアのアサド政権の諜報・治安維持組織および武装治安組織の総称）と国民防衛隊のもののようでした。私の前でしょっちゅう繰り返されるこういう名前はいったい何を意味しているんでしょう？　私には、この人たちが全員武装しているということしかわかりませんでした。

　お母さんは私を抱き寄せ、男の人たちは席を立たず、運転手はエンジンを切りました。私たちは身動きできずにいました。後ろには車の列があり、前方にはおびただしい数のバスと車が並んでいます。通りは乗用車やバスやトラックで渋滞していました。終わりのない長い車の列。車の川。騒音の中、バスの前方、運転手が座っているところから音が聞こえていました。チク、タク、チク、タク。その音は青いビーズで飾られたハンドルから聞こえてきました。チク、タクと音がして動くたび、ハンドルの上に吊り下げられた踊り子の人形が揺れ、人形の下に垂れ下がっているガラス玉の中で、銀色の星々がきらめきました。私はガラス玉を見つめ、お母さんはぴったりと私に寄り添い、両腕を回して私を抱きました。叫び声が聞こえましたが、何が起きているかはわかりません。何が起きようと、私の幸せな気持ちは揺るぎませんでした——私はスアード女史に会いに行くところで、運転席のハンドルのガラス玉の中の銀色の星々を見つめていたのだから！

そこに、叫び声が響き渡りました。女の人が現われ、悲嘆の声をあげ、自分の髪の毛を引きむしっていました。向かいには、軍服を着た男の人が二人と、めいめい大きな銃を携えた私服姿の男の人が二人いました。その人たちが何者なのかはわからなかったけれど、今回、彼らの色は濃い灰色で、カーキ色や黒ではありませんでした。さっきの女の人は私服姿の男の人の足元に跪いて叫んでいて、残りの二人は、若者から綿の上着を引き剝がし、それを若者の頭に被せました。上半身がお腹まで丸見えで、残る一人が彼を銃床で撲りつけていました。

わかりますか？　それは初めての経験でした。私は初めてそんなものを見たんです。私は目を瞑りませんでした。お母さんもです！　私たちはじっと見つめていました。ほかの皆も同じでした。私たちは無言で見入り、地面に倒れている瘦せた若者は、二人の男の人の足元で蹴りつけられるボールと化していました。すさまじい悲鳴でした。さっきの女の人は気を失って倒れていて、女の人たちの一団が前に進み出て、いったんは撲るのをやめた男の人たちに訴えています。それでも、男の人たちはあの若者を持ち上げて引きずっていき、一人がこう怒鳴りつけました。

「売女のガキが！」

若者はがっくり首を垂れていました。目を開けたり瞑ったりするだけで、返事もなく、何の応答もありませんでした。若者の顔は私たちの目の前にあり、ガラス窓越しにその人が泣いているのが見えましたが、そこにまた別の二人がやってきて、その人を持ち上げました。四人の男はそれぞれ両手両足を持って若者を運んでいき、それから車のトランクを開けて、中に投げ込みました。彼がひときわ高い悲鳴をあげ、その後トランクが閉められました。妙な音が聞こえました。何の音なのかわからなかったけれど、私服姿の大柄な男の人が、あの若者の身分証明書をじっと見て喚き声をあげ、彼が積み込まれた車に乗って走り去っていきました。

一時間後、検問所で私たちの番になりました。検査を受けなければなりません。私たちはほとんど息を止めていて、あの車が走り去ったあとも、押し黙っていました。私は辺りをきょろきょろ見回し、お母さんは私を抱き寄せてささやきました。「怖がらなくていいのよ」

怖かったんじゃなくて、自分の目に、辺りの光景を焼きつけようとしただけです。軍服姿の男がバスの中に頭を突っ込んだとき、私は身動きするのをやめてその人を見つめました。微笑みかけると、その人も私に向かって微笑みました。そこで、その人のほうに頭を動かし始めると、怒鳴りつけられました。

私は動くのをやめ、お母さんはその人に「この子はまともじゃないんです」と言いました。

その人は私たちに身分証明書を出すようにと言って、全員の名前を確認しました。ぶつぶつ言いながら、その人は私たちを調べました。

窓から飛び出したかったけれど、そうする代わりに私は舌を出すことにしました。まともじゃないと思われているんだから、そういう真似をしてもかまわないと思って。舌を出したとき、お母さんに手のひらを口に押し当てられたので、私は大声をあげました。少しの間、例の男の人が怒った顔で私を睨んでいました。隣に立っていた男の人が、私たちにはあまり構わず優しく扱うように告げました。その人も兵士です。大きな銃を、私が今まで見た中で一番大きな銃を持っていました。銃口がぴたりと私たちに向けられていたので、私は怖くなりました。その人は、私たちに通行許可を出してくれました。

その後、次の検問所に着くまでの時間は重苦しいものでした。お母さんは私にうるさくまとわりつき、乱暴に私を引き寄せました。私は身動きせずにいました。お母さんは私を自分の懐に隠そうとしました。あらゆる方向から車に囲まれて、バスはのろのろ動いています。窒息しそうでした。私は痩せていたけれど胸は豊かで、どうしてこの重みのせいで息もできないような気分になるのか腑に落ちない気持ちでした。幾筋もの水がお腹の上を伝っていくのを感じました。二本の赤いピンで留めた頭に巻いた布や、デニムのスカートや膝まで届く丈の長いシャツに締めつけられていました。出かける前にお母さんが必ず結びつける紐のせいで、ひっかき傷ができたりひりひりしたりもします。紐は布でできていたけど、それでもつけていると汗ばんで擦れてくるんです。大声をあげたかったけれど、できなかった。

バスを降りて家に帰りたくなりました。喉が焼けつくようで、呼吸する音と一緒にどくどくという妙な音が聞こえました。でも、スアード女史の家で私を待ってくれているもののことを考えると、我慢できたんです。

次の検問所までの道中、通りを走る戦車を初めて見ました。人々はよくあることという感じで、いつもの暮らしを続けていました。

私が最近うちの街区の外に出たのは、ほぼ二年前の夏、七月だったのを思い出します。お母さんと一緒に、ダマスカス中心部のシャアラーン地区にある「怠け者市場」ことタナーブル市場に行く用事があったんです（タナーブル市場ではカット済みの野菜等も売られているので「怠け者市場」と呼ばれる）。大学に通う兄さんの出費の足しにするため、お母さんは野菜を刻んだりくり抜いたりして下ごしらえを済ませたものを届けていました。

クーサー（ズッキーニの一種）の種の部分や、ジャガイモや、茄子をくり抜いて、パセリや人参をみじん切りにするのにはずいぶん時間がかかります。全部、うちでやっていました。私はお母さんが学校での仕事から戻ってくるまで、精一杯頑張ります。野菜や香草類を洗い、緑の葉っぱの間に入り込んでいる泥や虫や小さなかたつむりを取り除く。皮を剝いて刻む。クーサーの種や茄子をくり抜く作業はお母さんに任せていました。クーサーの種の部分や、茄子やジャガイモをくり抜いたあとにできる穴が好きじゃなかったんです。実際、みっともないものだったから。パセリを刻むのは私のお気に入りの遊びでした。指が緑色に染まってしまうけど、パセリを埃くらい細かくなるまで刻むんです。それからビニール袋に小分けにして詰めていきます。エンドウ豆の下ごしらえもします。莢から出して、そこからちょっぴりつまみ食いして、いくらか隠しておきます。豆粒を私の大好きな赤い色に塗って、ブレスレットを作るために。

あるときお母さんが、ベッドの隅に私が積み上げていた木の箱の下から芋虫が一匹這い出てくるのを見つけました。そこで私が、何が入っているか箱の中をくまなく調べてみたら、真っ赤なブレスレットが腐って、真っ黒い種に変わっていました。その中に芋虫が湧いていたんです。

そのときお母さんは私をひっぱたきました。いつもはしないけど、そういうときのお母さんは私が気を失うまで叩き続けます。そして堰を切ったように泣き出して、自分の不運やこれまでの困難な人生を呪うんです。

私より少し年上の若者がうちに野菜を届けてくれるようになりました。あの夏、最後に私たちがシャアラーン地区に行ったあと、検問所が増えたこともあって、八百屋の主人がお母さんに、野菜を届けて次の回に下ごしらえ済みの野菜を受け取りに来る者をやるから、と家にいるように言ってくれたんです。——そうして私はあの若者と知り合いました。野菜をうちに届け、下ごしらえが済んだものを八百屋に持ち帰る人だったんです。私は、知らない人と話してはいけないことになっていました。お母さんからは、お前はまともじゃないんだから！　と言われていたから。

このことは、いつかあなたに話すつもりだけれど、今する話じゃありません。つまり、名前も知らないその若者のことだけど、それは今じゃないんです。

検問所の話をするつもりだったんです。でも、初めて検問所を見たときと、最後に見たときのことを思い出してしまって、そのとき、ふと野菜の色が思い浮かんだから。私はその野菜のくずでいろんな形や絵を作ったりして遊んでいたんです。そのせいで話が逸れてしまいました。

心配しないで。あなたにはどんなささいなことでも隠したりしません。ここ、半地下の部屋の中で、窓から夏の終わりを見つめている間、あなたにできるかぎりのすべてを話すつもりです。

二年前に私が初めて見た検問所は奇妙なところでした。私たちはシャアラーン地区に着くまでに二つ検問所を通過しないといけなかったんです。検問所には軍人みたいな男の人たちの集団が詰めていて、背後には兵士をいっぱい乗せた大きな緑色のバスが停まっていました。そのうちの一人が笑いながら私を指差したので、嬉しくなって見つめ返すと、向こうは私に目配せしました。そうこうしているうちに、別の兵士が見とがめてその人の頭を拳で撲ったんです。私は大笑いしてしまいました。

それでも、白い車や道路を通行止めにしている銃を持った男の人たちは物々しくはありました。あのときは、今ではあちこちで見かけるようになった土嚢も見なかったし、戦車もいませんでした。あの人たちは、バスや通行人に銃を向けて、検問をしているだけの人たちでした。私は怖さを感じませんでした。銃口に思わず身震いするのを除けば、怖いことなんかなかったんです。

そのうち、バスでの移動に時間がかかってお母さんの帰りが遅くなったり、ジスル・アブヤド（ダマスカス市内北部の地区）の検問所で止められて、それからルクヌッディーン（ダマスカス市内北部の地区）の検問所でまた止められて……というのが繰り返されるようになって、その経験から私は検問所の意味を理解しました。

検問所にいろんな形や種類ができたのを知ったのは、私がその次に、最後にうちから出たときのことでした。

その頃、例の若者はまだ泥がついたままの野菜を持ってきては、洗って刻んで色鮮やかになった野菜を受け取って帰っていきました。私は彼がやってくるのが楽しみになっていました。彼の澄んだ瞳の色を覚えています。彼はよく、君は皆が言うようなおかしな子なんかじゃないよ、俺は知ってる、と言って私を笑わせました。それから、彼が野菜の入った大きな袋を空けるのを手伝っていたら、互いの体が触れ合うときがあって、彼が両手を私の胸にあて、私はされるがままになっていました。私を繋いでいる紐は長さがあったので、彼が触る邪魔にはなりません。野菜の受け渡しに便利なように、お母さんは窓を開けっ放しにしていました。

若者はいなくなり、二度と姿を見ることはありませんでした。突然お母さんはそうすることに決め、ちびたかけらになるまで何年も使い古して箪笥にしまいっぱなしにしていた口紅を捨てました。その口紅を使っているところをお母さんに見つかったんです。仕事から早く帰ってきたある日、お母さんは私が髪を下ろして、口紅を塗っているところを目の当たりにしました。口紅は苦い味がして、私の唇はまだらに赤くなっていました。

まだ教えていませんでしたね。私の髪は豊かで長くて、はちみつ色です！　はちみつを蠟と混ぜたときの色。あの日、私の髪がはちみつ色だったとき、私はお母さんの色鮮やかなワンピースを着ていました。緑色の地に、ひなぎくのような黄色と白の花模様のワンピース。花園みたいに見えるかもしれないと思いました。

それが、私がひなぎくの柄のワンピースを着た最初で最後でした。あの日、いつもより早く仕事から帰ってきたお母さんは、私がパセリを刻みながら、みじん切りのパセリで丸や三角を作っているのを見つけました。大きな袋が部屋の真ん中に置かれて、その周りに野菜がありました。私が顔を上げず、お母さんの顔をまっすぐ見られずにいると、お母さんは唾を吐いてため息をつき、それから隣にしゃがみ込んで手を伸ばして私を摑むと、顎をぐいと引き寄せ、恐ろしいまなざしで私を見ました。そのまま数分間そうしていましたが、その後、お母さんは無言で立ち上がりました。何も起こりませんでした。でも赤い口紅はなくなってしまい、私の着たワンピースはびりびりに裂かれて部屋の窓の縁に積み上げられていました。その後、あの若者は姿を消し、お母さんが野菜の袋を運んできてあとでまたそれを持っていくようになり、兄さんが早く家に帰ってくるようになったんです。

こうしたことすべてがものすごい速さで過ぎていきました。何日かするとあの若者のことを忘れてしまったくらいです。あれから、お母さんはウールの上着を持ち帰り、これでクッションを作りましょう、と言いました。その後、お母さんがいないときはテレビを見てはいけない、と決められました。二年の間にそうなって、私は何も言いませんでした。お母さんがいない間はテレビに近づきませんでした。お母さんが帰ってきたら、一緒にトルコの吹替の連続ドラマを見てもいいことになっていました。テレビドラマを見ている間じゅう、お母さんがヒマワリの種の殻を剝くパチパチという音が頭に響いたけれど、文句は言いませんでした。大したことじゃないんです。種のパチパチいう音のせいで頭が痛くなりさえしなければ。

私は内容をすっかり暗記してしまった本を読み返していました。文字の形を見ていると、いろんなことを忘れられるから。この話をあなたに説明してみようとしなかったら、何が起きたかをあとから思い出すこともなかったと思います。あの若者が姿を消した一件以来、私はお母さんの目を直視しなくなりました。家からは一歩も出なくなりました。お母さんは私が家にいるようになって喜んでいました。兄さんもそれがよかったみたいで、安心していました。

スアード女史の家を訪ねるのは、私が二年ぶりに外の世界を見る機会でした。お母さんは緊張していたけれど、どうしてなのかはわかりませんでした。ずっと怒っているんです。うちを出たとき、お母さんはびくびくしながら私を摑み、辺りを見回しながら歩き出しました。私は夢遊病者のように連れていかれました。前の晩、お母さんは飛行機の音と爆撃の轟音のせいで眠れませんでした。私も音で目が覚めて、それからまたうとうとすると、次の爆弾が落ちてまた目が覚めてしまいました。お母さんは大きく目を見開いてベッドに座っていました。月の光の中、お母さんの瞳はまったく揺らぎませんでした。

お母さんは日に日に萎びていきました。頰骨が浮き出て、唇の上の産毛は、黒々とした口髭に変わっていきました。ときどき煙草を吸うようになりました。煙はいやな臭いがして、夜になると胸から出るような咳をしていました。私たちの暮らしは変わってしまいました。兄さんの身に何が起きたかも私にはわかりませんでした。家を空けるようになっていたんです。大学を辞めたせいで、兄さんとお母さんが口論しているのが聞こえました。二人は大声で怒鳴り合い、ついにあるときお母さんが兄さんをひっぱたくと、兄さんは何日も姿を消してしまいました。兄さんが帰ってきたとき、お母さんは床に臥せっていました。私はおしっこを漏らし、数日の間漏らしっぱなしになっていました。

お母さんはひっきりなしに煙草を吸うようになりました。食事に使った皿も片づけず、全部床に置きっぱなしになりました。丸二日、私たちは一枚のホブズ（アラブ地域でよく食べられる円形で中に空洞がある平たいパン）もない状態で過ごしました。

あるとき、妙な物音がして目が覚めました。

サア……サア……サア……サア……

——お母さんが、部屋に大きなネズミがいるのを見つけたんです。ドブネズミだったと思います。お母さんは窓を開け、家の中を掃除して、ごみ袋とベッドのそばに山積みになっていたビズル（お茶うけに食べるヒマワリやカボチャの種など）の殻を捨てました。

その後、お母さんは普段どおりに戻りました。

あの二年間がどんなふうに過ぎたのか、どうにも言葉にできません。あの検問所で起きたことで、私の記憶は失われてしまいました。胸を触らせてあげたあの若者の瞳さえ、もう完全には思い出せません。澄んだ明るい瞳だったことは覚えているのに、色が思い出せないんです。

私の最初の話をあなたに伝えられるように、集中してみようと思います。

　私たちは白いバスに乗って最後の検問所に向かってゆっくり進んでいました。私たちの左側、高速道路の反対側の路肩に、洒落たスーツを着た四人の男の人がいました。武装してはいなかった。少なくとも、銃は持っていませんでした。けれど、何台もの自動車が彼らの前やそのそばに停車して、乗っていた男の人たちは緊張しながらおとなしく降りてきました。洒落た服装の四人のうち、一人が車を調べています。四人はほかの検問所にいた誰とも似ていません。格好いい眼鏡をかけ、太いネクタイを締めていました。髪はきちんと撫でつけられて艶やかで、有名な俳優みたいでした。妙だったのは、四人がとても静かで、周りの人たちが自動の装置みたいに動いていたことです。四人のうち一人だけが無線機を持っていました。私たちの後ろの席に座っていた男の人が、あれは空軍のムハーバラートだ、と言いました。私にはそれがどういう意味なのかわからなかったんですが、四人の顔はさっぱりと清潔で髭も整えられていたのに、その人の声が震えていたので怖くなりました。

　この長い道のりをすべて越えなければ、スアード女史の家で一日を過ごすことはできないんだと思いました。それなのに、私たちはバーブ・トゥーマ広場までの道すら通り抜けられずにいます。爆発の轟音が響き、飛行機がすぐ近くを爆撃したという声が聞こえているのに、私は幸せな気持ちでした。贈り物がもらえるはずだと期待していたんです。私には、本ときれいな色の服と、これまで何年もの間、スアード女史が欠かさず与えてくれた文房具がある、水彩絵の具、鉛筆、デッサン用の木炭……たくさんのものが私を待っている！　ベッドのそばにある私の小さな机も革張りの椅子も、スアード女史がくれたものです。

どうして贈り物をくれるんだろう、と私は不思議に思っていました。お母さんは、スアード女史は子どもがいないから親切にしてくれるの、もし子どもがいたら、お前にかまってくれることもなかったわよ、と言いました。そんな言葉は私は気にしませんでした。お母さんによると、スアード女史は今、たくさんの人がそうしているようにこの国を出るつもりでいるから、私たちのために置いていきたいものがあるらしいということでした。そして、帰りはたくさん持ち帰ることになるから、スアード女史の旦那さんが車で送ってくれるはずよ、とも言いました。私は嬉しくてきゃあきゃあ騒いでしまいました。

そんなわけで、いくつもの検問所を越えながら、バスの長い道中で見たもののことも特に気に留めていなかったんです。私の胸は大量に流れ出す汗の玉で火照り始めていました。何枚ものシャツで胸を締めつけ、ふくらみを隠すためにシャツの下にもきついブラウスを着ていたのに、それでも胸は重たく揺れていました。私の胸が大きいことはすでに話しましたね。事実、私にとって胸は厄介のもとでした。私は赤いゆったりしたシャツを着ていたんですが、そういう自分の姿が気に入らなかったんです。シャツはぶかぶかで長いのに、足は痩せっぽちで短いなんて。

バスは、スアード女史の家に向かう途中の検問所の男の人たちの前で停まりました。もうこれ以上検問所に足止めされることはないはずでした。あるいはお母さんが言ったように、バーブ・トゥーマ広場に着いたら、あとは歩いていくことにしてもよかったんです。

お母さんが「歩いて……」と言った途端、私は笑い出し、目の前の世界が一変しました！　今日はなんていい日なのかしら！　私は歩く！……


バスはまだ停まっていましたが、そのとき、私はおしっこがしたくなりました。全身から大量に汗が流れ落ちることの意味を、膀胱が痛くなるまでわかっていなかったんです。周りのあらゆる方向から熱い吐息がかかってきます。私たちは、人間が飛び交う車の海に浮かんでいるようでした。後ろの席の人は熱い息を吐き、お母さんはただ前を見ています。前に一台の車がありました。私にはバスの乗客たちが何を見ようとしているのかわかりませんでした。ぶつぶつ呟いたり、ふうっとため息をついたりして、そのうち二人がバスの外に出て、煙草に火をつけました。お母さんが二人を睨みつけました。家を出て三時間が経っていて、この道には終わりがないように思えました。

バスの運転手が、こんな仕事辞めて道ばたで野菜でも売ろう、と言いました。乗客たちは黙っていました。

女の人が二人いて、一人はずっと泣いてばかりいる赤ちゃんを抱えていました。

自分が子どもだった頃、ひとりぼっちで、手首が何にも縛られていなかったときのことを考えました。

この赤ちゃんはなんて幸せなんだろう、周りの世界を駆け回れるんだから！

何を言いたいのかわからないけれど、それでも赤ちゃんの声に攻撃されているような気がしました。空からは飛行機の音、遠くでは爆発の轟音が聞こえるのに、皆、気にしていないようです。私はというと、震えていました。足が震え出している私をお母さんはこわごわ見つめると、腕を回して私の肩の上に手を置き、頭をこちらに傾けて、「怖がらないでね」とささやきました。

私はちっとも怖くなかった！　今にもおしっこを漏らしそうになっていただけです。私が汗をかいているのを見て、前の席の男の人が、手を伸ばしてハンカチをくれました。お母さんがそれを受け取って、私の顔を拭いてくれました。私たちの前の車が動いて、検問所の男の人たちがその車を調べていました。自分は幸せなはずだ、と思いました。こんなことは私とは何の関係もないし、好きでも嫌いでもないんだから。なぜ私がこんな状態にならないといけないのかわかりませんでした。

そのとき悟ったんです。本当は、自分は家から出たくないんだと。検問所の男の人の一人と運転手が話を始めたとき、私はこんなことを考えていました。私は自分が何者かを知らない。私には何の感情もない。今、私の身に起きていることは、何もかも、膀胱がいっぱいになっているせいなんだ、と。

その検問所は五人の男たちが警護していました。今回、そのうち二人が私服姿でした。二人目の兵士が、バスと乗客を調べていました。女の人たちのバッグを開け、手を伸ばして中をぐるりと探り、それからバッグを投げて寄越すんです。男の人たちに対しては、もっと入念に見ていて、その後、皆が沈黙する中、座席の下を確認しました。私たちはその人を、そしてバスの周りを歩きながら、同じように厳密にバスを調べているもう一人の男の人を見ていました。通りの向こう側の車列の隙間から、コンクリートでできた検問所が見えました。検問所の石壁は、赤、白、黒に塗られていました（赤、白、黒はシリア・アラブ共和国旗に使われる三色。三色旗の白色部分に緑の二つの星が配されている）。検問所はダマスカスの多くの通り、特に広場周辺に設置されています。国旗の色に塗られた検問所があるウマイヤ広場（ダマスカスの主要な広場で、市街中心部と主要高速道路を繋ぐ）の周りには、白と褐色の土嚢が積まれていて、空いたところにバリケードができていました。ユースフ・アズメ（一八八三―一九二〇。ファイサル王政期シリアの戦争相、軍司令官。フランス軍侵攻に抗戦しマイサルーンの戦いで戦死した、シリアの国民的英雄）像があるユースフ・アズメ広場（ダマスカス市街中心部にある広場）にも検問所がありました。ユースフ・アズメ像は一度爆撃で破壊されて、再建されました。図書室でもらった本で読んだんですが、この像は年月を経てだいぶ変わったのだそうです。

それまでに見たことのある検問所は道の真ん中に設置されていましたが、これらの検問所は大通りを分断するバリケードになっていました。大通りのバリケードは、中くらいの規模のバリケードと土嚢を組み合わせて作られたものでした。

私が特に気に入った検問所はウマイヤ広場の検問所です。緑色の木の小屋で、絵本に出てきた犬小屋に似ていました。私は手のひらサイズの絵本を何冊か図書室から借りていて、そのうち三冊をもらいました。スアード女史がときどき自費で図書室の本を新しく買い換えるので、その古いほうの本をくれたんです。スアード女史は私に本を買ってくれることさえありました。五年前、赤い革装で金の箔押しがあり、はちみつ色の文字が印刷された『クルアーン』をスアード女史が贈ってくれたとき。あのとき、私の人生は変わったんです。これはまた別の話なので、あとでお話ししますね。

そのとき、検問所で私は、中に兵士がひとり立てるほどの緑色の木の小屋がいいなと思いました。こんな小さな木の家に、私とお母さんと兄さんが暮らせたらどんなにすてきだろうと思ったんです。頭に思い描いた私の夢の家は、小さな白い家です。中に収まるには私たちの大きさを縮めて、手足を曲げて頭も屈めないといけないくらい小さな家。でも、バスを調べている男の人たちのせいでこの想像は中断されました。そのとき、それまで思いつきもしなかったのだけれど、座席の下に頭から胸まで突っ込んで調べている兵士の姿を見ているうちに、初めてこんな考えが浮かんだんです。

街のどの通りにもあるような、こういう小さな白いバスに乗っているとき、私たちは描きかけの円みたいな形をしている、と。——

検問所の男の人たちは、前の検問所であの若者のせいで起きたことのような、私たちをバスから降ろさせるほどのものは見つけませんでした。ところが、私の後ろの席に座っていた若者の身分証明書を調べていた検問所の男の人が、手を伸ばしてきて若者を力まかせにひっぱたいたんです。若者は頭を鉄枠にぶつけ、そのとき彼の身分証に目をやりながら、兵士が怒鳴りつけました。

「おい、畜生。降りろ」

震えが止まり、私は自分の膀胱のことも忘れました。なぜかというと、バスを降りようとしたその若者がお母さんの胸元に倒れ込み、それなのに、お母さんは叫び声もあげなかったからです。お母さんは無言のままでした。私が若者の頭を受け止めると、彼と目が合いました。白目をむいていて、黒目は左側に寄っていました。若者は体を丸めて私から目を逸らし、まだ身動きはできていました。すると兵士の手が彼を引きずり出し、地面に叩きつけたんです……この出来事のあいだ、私たちは皆、押し黙っていましたが、私はといえば、おへそから骨盤の一番下まで流れ落ちる汗の玉とともに、太腿の間を熱い流れがほとばしって、肌を熱くするのを感じ始めました。私は凍りついたように身を固くしていました。兵士は若者を蹴りつけ、その隣で機関銃を構えて立っていた人が怒鳴りました。

「ジョーバルから来ただと？　犬畜生のクソ野郎かよ！」

ジョーバルはアッバースィーン広場（ダマスカス市内北東部の広場）からそう遠くない地区で、戦車や検問所がたくさん配置されていました。飛行機が上空を旋回している地区です。何が起きているのかはわかりませんでしたが、ジョーバルは軍によって封鎖されていて、爆弾がいくつも落とされて、悪い人たちがたくさん住んでいるということ、そして今、身動きしたら私は死ぬということだけは、わかったんです。私は怯えはしませんでした。泣きも叫びもしなかったということです。熱い流れは座席の下に滴り、お母さんがそれに気づきました。ここで、お母さんは大声をあげたんです。あの瞬間、いろんなことがものすごい速さで起こりました。私は太腿をぎゅっと閉じて、胸をもっとシャツの中に押し込もうとして、お母さんは私の手を摑んで、紐の結び目をきつく締め、そうしているうちに、誰かの手が――一本以上だったと思います！――お母さんを引っぱったんです。いくつもの手のひら、何本もの手が見えました。頭を前の座席にぶつけ、お母さんは私の目の前をすり抜け、それから体を屈めたままバスから引きずり降ろされました。もし検問所の四人の隣に立っていた男の人がお母さんを摑まえてくれなかったら、危うく地面に落ちるところでした。

紐が擦れて痛くて、腕を引っこ抜かれそうでした。彼らはお母さんを引っぱり、私の腕は逆の方向からお母さんを引っぱっていて。お母さんは私の手首の結び目をきつく締めていましたが、引き締め方が足りなかったので、結んでいるところがするりと手首から抜けました。突然、私は自由になったんです！　お母さんは動揺したまなざしでこちらを見つめていましたが、私は自由でした。

紐が消えた。紐の一端はお母さんの手首に巻かれています。その紐をいくつもの足が踏みつけました。

初めのうち、私は身じろぎもせず地面に座っていました。ところが、お母さんは私を指差して大声で喚いたんです。もう言葉ですらありませんでした。検問所の人たちは珍しいものでも見るかのように私たちを見て、そのうちの一人はお母さんの体を押さえ、お母さんは怯えたように私を見つめて、その間も兵士たちはあのジョーバルから来た若者の取り調べを進めていました。

何が起こったと思いますか?　あの瞬間を、想像はできるはずです。お母さんが兵士に、私は指名手配リストには載っていません、どうか確認してくださいと頼んでいます。あの瞬間、私はお母さんから自由になったんです。残りの乗客は検問所の人たちから取り調べのために降りるようにと命令されて、急いでバスを降りました。そして通りの向こう側の国旗の色に塗られたコンクリートの検問所から三人の兵士が集まってきて、取り調べに加わりました。

あのとき、お母さんはほかの乗客たちとは反対側にいました。喚き声をあげ、押し合いへし合いする人々の群れの中から私に向かって手を伸ばそうとしていました。私は呆然とその様子を眺めながら、下履きの中に溜まっていた熱い流れが一気にほとばしるのを感じていました。

そのときも、私は歩いていたんです。

本当に歩いていたんです！　振り返りもせず！　喚き声を聞きながら歩いているんです。

私は歩いている。

私は歩いている。

いつも、目の前に小さく細かな部分が見えなくなるほどの長い道が伸びていくさまを考えるのが好きでした。私が歩いていくべき道が見え、それは遠くから、はるか遠くから現われていました。兵士の一人が私に止まれと怒鳴っていました。私は戻ることができなかった。私は足に導かれて、遮るものなど何もないかのように前へと進んでいきました。実際は、男の人にも女の人にもぶつかりながら通り越していったんです。

不意に、沈黙がその場を支配しました。兵士の一人が空に向かって発砲したんです。「止まれ！」とその人は怒鳴っていました。

私は止まらなかった。皆が私の周りを取り囲んで、無言のまま興味津々に眺めているのが見えました。私は振り返らなかった。でも騒々しい音はもう聞こえませんでした。ただ銃声だけ！　叫び声がしました。私を止まらせようとする声と、喘ぎ声が聞こえました。誰だかわかります。お母さんが喘いでいる。それでも私は止まりませんでした！

また銃声が響いたとき、世界が動きを止めたように見えました。ときどき揺らめいていた熱い空気さえ止まりました。車に乗っている人たちが頭を突き出し、私に戻るようにと急かしました。私は背後で何が起きているのか知りませんでした。お母さんが私の名前を叫びました！

もう誰の声だか聞き分けられなくなっていたので、男の人たちが何と言っているかは聞き取れませんでした。自分がその人たちから遠ざかっているとわかると、私は突然、強い怒りの感情に襲われました。あの人たちは、単に私が舌の筋肉を動かすのがいやで、動かそうとすらしなかったというだけで、私をまともじゃないと思ったんです。私の舌は、喉のどこかにひっかかったままです。

お母さんが私の名前を叫んだあのとき。私は、目の前の両側に現われた土嚢を蹴飛ばしたくなりました。でも足は私の意思に従わなかったので、私は歩き続け、車列を通り過ぎました。すると、また叫び声とけたたましい車のクラクションの音がして、そしてまた銃声が聞こえました。

　お母さんの手が私の手を摑むのを感じ、右肩を鋭い痛みが貫いて、その痛みは燃える火の糸に変わりました。なぜお母さんが全体重をかけて私の体の上にのしかかってきたのか、なぜお母さんが私の上に身を投げ出したのか、私にはわかりませんでした。熱いアスファルトの地面に倒れ、身動きもできず、私を抱きしめるお母さんの吐息を感じました。お母さんの呼吸はひどく変でした。喘ぎ、息を切らし、両手で私をぎゅっと摑んでいるけれど顔が見えません。お母さんの呼吸が耳に響いていました。

　私は死にかけていました。仮にそうだとしても、この世界は何も変わらないでしょう。周りの喧騒さえなければ、手近にある何もかもを蹴飛ばしたいところでした。私を取り囲む埃まみれの軍靴が見えました。軍靴以外の靴も、全部、あの男の人たちのものです。そのとき私は、ふと左側に現われた赤い糸を見つめていました。私の顔はアスファルトの上で熱くなっていたんです。糸の色はまったくの赤というわけではありませんでした。黒だったかもしれません。わからない。でも、私たちの――私とお母さんの――周りで人々が輪になっているのが見えました。

　お母さんは私を抱きしめていて、私は自分の舌の筋肉を動かしたかった。もう、お母さんの喘ぎ声が聞こえなかったから。

　お母さんの体はどんどん重くなっていきました。男の人が二人近づいてきて、お母さんの体を持ち上げたとき、私は頭を上げてお母さんの顔を見はしませんでした。土嚢が積まれた検問所は遠くにあるというのに、私の唇に砂粒がつきました。膝に届くほどの長さの軍靴の主が――軍靴はぴかぴかに光っていました――私を抱え、すばやく持ち上げました。私はとても軽かったから、浮かんで。そのとき初めて、猛烈な眠気を覚えたんです。

　女の人の泣き喚く声がしました。お母さんではありませんでした。お母さんを見たいと思いました。目を開けることができませんでした。私は沈み、落ちていき、それは心地よい感覚でした。肩の焼けるような痛みさえなければ、揺りかごの中でうたた寝しているみたいで。私を運んでいく男の人の体を感じ、その人の心臓の鼓動を聞きました。その人は喘いではいなかった。でも私の耳にはお母さんの喘ぐ声がまだ残っています……それから……私は眠りました。

　目を覚ますと、お母さんはいなくなっていました。永遠に。そして私たちは検問所を通過していました。

数分前、目が覚めました。

気がつくと私は繋がれて横たわっていました。そして、これから真っ白い、何も書かれていないページを足していこう、と思いました。この地下室、新たな私の秘密の星からあなたに宛てて書いていくつもりです。

私は、好奇の目でこちらを見ている看護師に、どのくらいの時間が経ったか訊いたりはしませんでした。例によって、私は舌の筋肉の動かし方を知らなかったんです。

あのときの様子を、私は真っ白いページの上に映し出したり、描いたり、書いたりして、あなたに伝えられると思います。

一語も書かれていない真っ白いページであっても、あなたなら理解してくれるはずだと思うけれど、何も書かないなんてことは私にはできません。地下室には糊の箱が紙の包みの横に置いてあるので、ページが欠けてしまわないように、十ページ分の紙を埋められたら、紙の右隅を糊付けして、そのまとめた十ページ分の紙はマットレスの下にしまいます。ここで最初の十ページを完成させたら、また同じように進めていきます。……

これは本当なんです、目を開けたとき、自分がどこに横たわり、繋がれているかに気づく前のことです。ずっと前から好きだったあの絵が見えました。『星の王子さま』の、象を呑み込んだウワバミの絵。前にお話ししたかもしれませんが、私の大好きな本なんです。中身をすっかり暗記しています。もうその話はしましたっけ？

私は目を開けました。自分の周りに、サン＝テグジュペリが描いたような、象を呑み込み、飛んでいる何匹ものウワバミの姿が見えてぞっとしました。ウワバミは青緑っぽい色をしていました。ウワバミに呑み込まれた象は灰色でした。

隠さずに言うと、私は九歳の頃、『星の王子さま』みたいな描き方で物語をたくさん描いたことがあって、その絵は今もうちにあります。動物園の管理人が間違えて、サルの群れと雄雌のライオンを分けるのを忘れて一緒にしてしまったという物語です。そのとき、動物園の動物たちはこう決めたんです。自分たちもこれと似たようなことをやるべきだと。そうすれば、動物たちができる遊びは間違いなくたくさんある。――でも、これはまた別の話です、私たちの話ではありません。私はただ、目を開けたときに見えた、飛んでいる変なものの形をあなたに思い出してもらいたかっただけ。それでつい、自分が前に書いた物語の話をしてしまったんです。

私は頭を上げました。

窓から光が射し込んでいます。何の音もしませんでした。私の目を覗き込んでいる女の人がいます。その人が看護師でした。私の頭の上で、彫像のようにじっとしていたようです。私のベッドは大きな窓のそばにありました。金網が張り巡らされた窓が、大きな病室に面して半分だけ開いていました。私の頭上ではさっきの看護師が動き回っています。白い清潔な服を着て、口紅を差していました。その口紅の色は、お母さんが捨ててしまったあの口紅の赤い色に似ていました。赤……赤。看護師が動いたあと、私の目に光が入って――看護師は、窓のちょうど真ん中に立っていたんです――自分が今いる場所が見えました。


舌の筋肉を動かそうとしたけれどできませんでした。左手は拘束されたままで、もう片方の手には白い包帯が巻かれていて、肩を覆い胸の真ん中まで届いていました。こちらの手も自由には動かせません。起き上がろうとしたとたん、右肩に焼けるような痛みを感じました。左手は、鎖のない鉄の枷で繋がれていました。拘束具はベッドの柱のひとつにつけられています。肩が痛い。ベッドの上で、私は裸同然の姿で眠っていたんです。肩から胸の半分まで包帯で巻かれているのに、何が起きているのか私にはわかりません。象を吞み込んで飛び回っていたウワバミたちはいなくなりました。鼻を刺すような臭いがしました。

私の右側に小さな女の子が眠っていました。あとになって、気を失っていたんだとわかりました。お医者さんが容態を見に来たとき、女の子の体は真っ青で、目の周りは青と赤と黒が混ざった色の大きな隈に縁取られていました。――そういういくつもの色が混ざった色を、何色と何色と何色ってどうして限らなきゃいけないのかしら？

看護師が近づいてきました。彼女は小さな象に似ていました。私の目を覗き込むと、矢継ぎ早に話しかけてきたけれど、私は見つめ返しただけで、答えませんでした。軍服姿の大柄な若者がやってきました。私をちらりと見ると、看護師に向かって、この子のお母さんは手違いで死んでしまった、我々はこの子の兄さんが迎えに来るのを待っている、と言いました。そして、私の近くのベッドに横たわっている女の子に近づいてベッドを揺すったので、その子は呻き声をあげました。女の子はゆっくりと目を開け、また目を瞑りました。看護師はその子を馬鹿にしたような目で見ると、部屋から出ていきました。

空がまだ薄暗いので、朝早い時間だろうと思いました。女の子も私と同じように鉄の枷をつけられていました。ベッドは白く塗られていたけれど、塗料があちこち剝げていて、柵の部分にいくつも錆が浮いていました。反対側には太った女の人がいて、その人も手を枷でベッドに繫がれていました。私たちはお互い、似た者同士だったんです。一瞬、夢でも見ているのかと思いました。そのとき私がどんなに嬉しかったか、想像できますか？　あの枷を見た瞬間、私は嬉しかったんです！　それでも、あの若い兵士が投げかけた言葉は耳に響きわたり、部屋の中を煙のように漂っていました。

並んでいるベッドと、その上に横たわる女の人たちの体の間から、さっきの兵士の言葉が文字の形で見えてきました。それらは私の頭上を飛んでいて、心にのしかかるほどの重さは感じませんでした。部屋を飛び回る文字は、追いきれずにいるうちに、黒い文字に変わってまだ飛んでいます。その様子を眺めていたせいで、私は隣のベッドの女の子に注意を払えずにいましたが、気づくと女の子は呻きながら布団の下で動き出していました。

きれいな顔立ちの女の子でした。でも唸り声は野太く、つんざくようで、ナイフでガラスをひっかく音に似ていました。目は瞑ったままで、この子に何があったのかわからない私は、目配せしてあげることもできなかった。新しくつけられた鉄の枷のせいで、考えごともできなかったんです。

何分か経つと、さっきの派手な赤い口紅をつけた看護師が別の女の子を乗せた可動式ベッドを押して入ってきました。その子は半分目覚めているように見えたけれど、包帯を巻かれた手はベッドに括りつけられていました。右足も骨盤の辺りまで白い包帯が巻かれています。目の周りに色とりどりの染みの縁取りはありませんでした。看護師はその子と私の間で立ち止まりました。リボルバーを腰の辺りでズボンとシャツの間に挿し込んだ男が私のベッドを指差し、この子をその口がきけない子どものベッドに移してくれないか、と言いました。実際、私は子どもではありませんが、かなり小柄だったせいです。看護師は感情のない目で私の顔をじっと見て、それから、この子は頭がおかしいんです、と言いながら私のほうに顔も向けました。そして、部屋の天井に消え失せてしまった文字のことを私が考える間もなく、彼らは女の子を私のベッドの上に転がしました。小さなベッドだったのに、彼らはその子を私の隣に押し込むと、彼女の手をベッドのもう一方の柱に括りつけました。すると、その子は唇を噛んで叫び声をあげました。ベッドに体が落ち着くまで、その子が顔を真っ赤にしながらそうするのを私は見てしまいました。その子の体が私の体にくっついて、泣きたい気分だったけれど、舌を噛むことしかできなかった。あの叫び声は、私の体の中から湧き起こる震えみたいでした……やがて看護師たちは出ていきました。

私は顔を反対側に向けました。そちらの窓は、もうひとつの部屋に面していて、そこには男の人たちが収容されていました。私は目をそむけ、自分はいないことにしようと目を瞑りました。空中に『星の王子さま』の登場人物の姿を描きました。実業屋から王子さまの心をかき乱したあの花まで、そしてウワバミや奇妙なふるまいをする大人も。私は、石の壁がひとつだけある星がとても好きでした。そこが私のお気に入りの場所だったんです。

女の子が痰の絡んだような声で何か呟いたけれど、聞き取れませんでした。とまどって頭を上げてみると、血管の血が凍りつきました。その子は私の耳元でささやきながら、泣いていたんです。射し込む光が明るくなってきて、突然、私たちのいる部屋の様子がはっきりと見えました。

今、あなたは私の身に起こったことが想像できると思います。でも、お母さんが倒れ、私たちが検問所を越えたあと、あの男の人に運ばれながら眠りに落ちていく間、私はこう思ったんです。真昼のひとときに、落ちながら味わったあの沈み込む感じは――まさに『不思議の国のアリス』みたいだって。たびたび変貌するあの森に私は分け入っていくところで、この部屋は、森なんだ！　こんなことが、起きるなんて、と……不意に光が部屋に射し込んできました。そこには、白い兎の代わりに、白衣をまとった看護師がいました。

呻き声をあげている隣の女の子の邪魔にならないように、私は自分の頭をよけようとしました。看護師はふたたび現われると、男手を借りて女の子の体を持ち上げ、二人がかりでその子の頭と足を逆にしたので、女の子の足が私の頭のすぐ近くに来て、私の足は彼女のちょうど胸のところに届きました。あの看護師が私のことを見たり、私に話をさせようとしたりしないように、私はまた目を瞑りました。女の子からは腐ったいやな臭いがむっと漂ってきました。血が滲み、腫れ上がって青あざだらけのその子の足を見て、私は顔をそむけました。泣き出しはしなかったけれど、舌を噛んだせいでしょっぱい味がしました。

目を瞑ると、早くこっちにいらっしゃい、と私を呼ぶスアード女史の姿が見えました。いつものように立っていました。黒いスカートに白いブラウスです。ほかの色を着ているところを見たことがありません。白いブラウスにはレースの襟がついています。ブロンドに染めた髪は念入りに整えられ、カールしてあり、繊細な金のブレスレットをつけていました。目を瞑ると、前にスアード女史その人が立っていたので、私は思わずさらにぎゅっと目を瞑ろうとしました。看護師と男の人の声が聞こえましたが、何を話しているかはわかりませんでした。

あの女の子から漂ってくる臭いで息が詰まりそうでした。でも私を呼ぶ声が、つまり、スアード女史が私に、広い机のそばに座るようにとささやく声が聞こえたんです。お母さんが天井の隙間から私たちを見つめていましたが、その後スアード女史が立ち上がってドアを閉めると、天井の隙間は見えなくなり、お母さんの姿も見えなくなりました。

いつも学校で私はそんなふうに過ごしていたんです。学校ではスアード女史から初めて文字の書き方と絵の描き方を習いました。スアード女史は毎年決まったカリキュラムを用意して、それに則って教えていました。何年間もそうしてくれました。というのは、私はほかの子たちとは違うせいで、授業を受けるのを禁じられていたからです。しかも、お医者さんはお母さんに、イブン・ナフィース病院に私を入院させるように指示したんです。単に自分が私の状態を説明できなかっただけなのに！　スアード女史はずっと謝りながら、机の脚に私を紐で繋いでいました。お母さんがスアード女史に、どうか娘をちゃんと見張っていてください、きちんと繋いでおいてくださいと頼んだからです。何年もそんなふうだったおかげで、学校の図書室は私の一部になりました。もっと正確に言うと、図書室は私の人生そのものになったんです。

図書室は学校の二階に通じる階段のそばにありました。教員室に面した廊下の突き当たりで、校長室から遠く、教室が両端に並ぶ長く細い廊下を抜けていかなければなりません。これは、皆とお母さんの間に成立していた——私を学校に置いておくという——暗黙の了解にとっては好都合でした。校長先生と教頭先生は、何をしようとしても受け入れてくれなかったけれど、何が起きていたのか、何年もの間ずっと気づかれずに済んだんです。あのとき私が何をしていたかをあなたがわかってくれたら、いえ、知ってくれるだけでも、どんなに嬉しいことかしら――まるで世界を手に入れたみたいだった！　これが世界のすべてだと思ったんです。

それは本当に世界であるだけなのかしら。なぜ、世界はいつもどこか別の場所で見つかったんだろう。

――

図書室は私だけの星でした。星の王子さまが住んでいたあの星みたいに、私の秘密の星の中でも特に大切な星。私には、星の王子さまとは違って、たったひとつきりではない、たくさんの花がありました。図書室は広くはなかったけれど、壁いっぱいに本が詰まっていました。私は本の匂い、あの不思議な匂いが好きで、暇さえあればずっとその匂いを嗅いでいました。紙の匂い……それとも、あれはたしか……何なのかやっぱりわからない！　でもそれは、ほかの何にも似ていない、図書室の匂いでした。一瞬を惜しむように、私はその匂いを吸い込むんです。本は褐色のカバーをかけて製本されていました。どの本も真ん中に書誌情報が記された白い紙きれが狭まっています。私はスアード女史の声で書名が読み上げられるのを聞くのが好きでした。図書番号も。出版年も。一冊一冊記憶しています。判型の違いまで覚えています。古典はスアード女史の机のすぐ後ろに配架されていました。スアード女史が管理責任者なので、そうしておけば簡単には紛失したりしないからです。

三つ目の壁には新刊本はありません。どの本も古く、歴史や哲学の本や翻訳小説が配架されていました。四つ目の壁は子ども向けの本棚で、そこにある本は私のためのお話なんだと、あの頃の私は思い込んでいました。

本題に入るまでがずいぶん長くなってしまいましたね？

でも、顔のすぐそばに女の子の足があったせいで——私のベッドに転がされた女の子です——私が目を瞑ったとき、スアード女史がどんなふうに見えたかをあなたに説明したかったんです。


私を呼ぶスアード女史の姿がどんなふうに見えていたか、あなたがこの文章を読んでいくとわかるようにやってみましょう。スアード女史は机の中央に座っていました！

そんなわけで、そのとき、スアード女史が私を呼んでいるのが見えて近づいていくと、最初に私がアルファベットを習ったときに使っていたノートが見え、それから色とりどりの罫線が空中を飛び交っているのが見えました。

そしてスアード女史に近づこうとしたまさにそのとき、例の女の子が足を上げて私の顔の真上に振り下ろしたんです。私たちは二人ともベッドから跳ね起きました。

私は大声で叫び、わっと泣き出しました。どうしてそんなことになったのかなんて聞かないでください。私の意志とは関係なく、叫び声が出てしまったんです。女の子は震え上がって謝りました。そこに看護師が二人の男の人と一緒に入ってきました。男の人のうち、片方は軍服姿で、部屋のドアの前に立ったままでいました。女の子は言葉を詰まらせながら、何かあったわけじゃない、間違って足をこの子の顔の上に下ろしてしまっただけ、と言いましたが、私は叫ぶのをやめませんでした。鼻血が出て血のしょっぱい味がして、私はさらに叫び、叫ぶのをやめろと言われてもやめませんでした。すると、私服姿でリボルバーを腰に下げたもう一人の男の人に平手打ちされ、私は気を失いました。あの女の子が何をされたかはわかりません。真昼になって、目を覚ますと、その子は私から遠く離れた別のベッドにいて、騒がしさをものともせず眠り込んでいました。

いつもなら問題なく息ができるはずなのに、息をするたび、鼻に鋭いナイフを差し込まれたようなひどい痛みがありました。何が起きたかはわからなかったけれど、唇の乾いた血の味を私はじっと味わっていました。体を起こさずに、反対側の窓のほうに向きを変えました。半開きだった窓はさっきより開いているように見え、窓の向こうにはさらに鉄格子の窓がありました。

会話に聞き耳を立てるうちに、私たちが病院にいるということ、窓にもドアにも鉄格子があることを知りました。そして私は、肩に銃弾を受けたので手術を受けたことを。そのせいで何日間かは動けないそうでした。

夜になり、私は眠ったり目を覚ましたりしていました。食事を味わうこともなく、食べるのを拒否していました。私はほかの女の子たちよりいい扱いを受けていました――あの子たちも私と同じような患者だと思いますが。そして、私は自分が退院する瞬間のことを考えていました。拘束具を外されたら、私は出発する。歩いて、さらに歩き、歩いていく。ひたすらそのことを考えながら、頭の上を飛び交ういろんな虫や蚊や、ベッドのシーツのいやな臭いにもどうにか耐えていたんです。シーツはずり落ち、その下の古ぼけた黒い革があらわになって、私の体に擦れてちくちくと障りました。

次の日、私は目を閉じたまま、自分の秘密の星のひとつで絵を描いていました。『星の王子さま』の本の最後にある絵、砂漠の絵です……絵の中の空に、黄色い星がひとつ、下には弧を描く線があり、その上にもう一本の曲線が差しかかって、砂丘の形を表わしています。これが最後の絵、王子さまがいなくなった場所です。私はしっかり目を閉じて、その線を完成させました。夜が明け始めていました。

隣の部屋から音が漏れ聞こえてきました。女の子たちは眠っていました。病院ではほかに音はしません。奇妙な静けさ。窓に鉄の器具がぶつかる音が響きました。二人の女の子が目を覚まし、怯えながら起き上がると、うなだれました。二人の目はぼんやりと靄がかかったようで、髪はぐしゃぐしゃ、一人は頭にまだ白い包帯を巻いていました。それから静けさが戻ってくると、二人はまた横たわりました。でも音は繰り返し聞こえてくるので、何が起きているのか、私は覗いてみることにしました。

私が見たものを、あなたは信じられないと思います。一本の線ほどの私の視界には、その部屋も輝く水晶の定規のような直線にしか見えません。二つの窓を隔てる目の細かい金網が邪魔していました。それでも太陽の光は、傾いた線を通して、もうひとつの部屋に射し込んでいたんです。

二日間食べていないせいで、自分のお腹がぐうぐう鳴るのが聞こえました。今、この地下室で私のお腹から鳴っているのとは違う、耳に届くほどの音です。ほかの女の子たちに背を向けて金網の張られた窓を見つめながら、私は途方に暮れていました。『星の王子さま』の星々が私の周りを巡り、私にはそれがはっきり見えていても。『クルアーン』を声に出して朗詠したい気分になっても、それでも私は途方に暮れていて、何が起こっているのか、何ひとつわからずにいました。なぜお母さんはいなくなってしまったの？　なぜ私はここにいるの？　兄さんはどこ？　なぜあの人たちは私に何も教えてくれないの？

解放感を覚えたときもありました。ついに私は一人になる。歩いて、この歩みと私の足の行き着く先を理解するだろう。私の頭脳は足に宿っているのだから！　私はこれから歩き続けていくことについて考えていました。長い旅の途中、私はまた舌の筋肉を動かすようになり、びっくりするようなものをいくつも目の当たりにすることになるかもしれない。そして、遠い見知らぬ星々へと飛び立つのだ、と。

私は汚れたシーツを足の下に寄せて、できるかぎり体を楽にしようとしていました。この先の旅に向けて用意はできています。例の隙間は私のすぐ目の前にありました。想像してみてください、窓が私の背丈くらい開いているとどうなるか。人生が、あの象を呑み込んだウワバミみたいな、奇妙な細長い形でできているかのように見えてくるはずです。

——目の前に、若い男の人の足のようなものが見えました。目の前にではないけれど、それが、太腿が見えました。

若い男の人のむき出しの太腿を見るのは生まれて初めてでした。離れたところのベッドに、顔に白い包帯を巻かれ、黒い布で目隠しをされた男の人がいました。白い包帯を巻かれた頭の真ん中を横切るように黒い布が巻かれています。私はその人の手を見ていました。私の手と同じように拘束されている。

鉄の枷も同じでした。窓の細長い隙間は数センチの幅しかなかったけれど、それでも見えました。その人が座っているベッドは黒い革張りで、シーツはかかっていません。向こうのベッドの上には、若者が二人いました。横たわっています。二人の呻き声が聞こえ、この二人も目隠しされていました。私の目が届く一本の直線ほどの幅の外は見えなかったけれど、周りの人たちに私が何を考えているか気づかせるつもりはありませんでした。その部屋のそこ以外の場所がどうなっているかはわからなかった。残るひとつのベッドには、お年寄りがいました。顎鬚が長くて、顔の周りに血がついていました。

私が見たものを実際の姿と同じように説明することはできません。言葉と現実の生活をすんなり結びつけるのは、とても難しいことだと思うんです。私の周りの臭い、そのほとんどは隣の部屋から漂ってきています。いやな臭いでした。「いやな」という言葉しか思いつかないけれど、それでも十分には言い表わせてはいません。かろうじて息ができるほどの、窒息しそうな臭いでした。

隣のベッドの女の子が、うわごとのように独り言を呟きました。

「これは、血の臭い、腐った肉の臭い！」その子の言葉はにわかに信じられませんでした。

数分後、隣の部屋から叫び声が聞こえてきました。女の子たちは何が起きているのかわかっているようです。深いため息が聞こえました。打擲が始まりました。撲っているのは四人の男たちでした。女の子たちは、あの人たちはムハーバラートよ、軍人じゃない、と口々に言いました。姿はよく見えません。

その人たちの罵声と、空をつんざくような悲鳴が聞こえました。私はすべての指をお腹に当てて、目を瞑り、叫び声と罵声を聞いていました。怪我をしているのは、捕まった人たちです。彼らの叫び声は嗄れていて、私はただ口の中で舌の筋肉を動かしたり、それを喉まで戻そうとしたり――人間が舌を呑み込むことができるかどうか確かめるためにやる、私の好きな遊びです――する以外何もできませんでしたが、今度は本当に舌を呑み込んでしまいそうになって、ひどい痛みを感じました。ベッドに横たわる怪我人たちを撲る男たちの喚き声が聞こえました。最初のうち、目を開ける勇気はありませんでしたが、何が起きているのか知らなくては、と覚悟を決めました。きっと、あの人たちは私たちにも同じことをするつもりだろう、だから備えておかなければ、と。

二つ目のベッドには若者が座っていました。頭を両膝の間に挟み、黒い布で目隠しをされて、背中には打撲の痕がいくつも見えます。胸には分厚い白い包帯が巻かれていました。若者に近づいた男の姿がはっきりと見えました。めかし込んでいるけれど、小太りで、口髭は濃く、赤みがかった色でした。赤い口髭の男は、怪我している若者を白い包帯の上から撲り、怒鳴りつけました。若者は答えず、何の反応も見せません。すると今度は右側から撲りつけられ、若者は崩れ落ちました。若者はまた頭を足の間に挟まれ、体を屈ませられます。赤い口髭の男は左へと撲りつけ、若者はまた同じことをさせられます。捕まって怪我をしているもう一人の男の人は、顎鬚があり、血痕がついていましたが、その人も例の男にお腹を撲られていました。おへそまでむき出しで、目を大きく見開いたまま、体に傷はないけれど顔は血まみれの状態でした。その人は消え入りそうな声で呻いていました。

今、あなたはこれを読んで、雲の中から深い深い谷底に落ちていくような感じを想像できるでしょうか。まさにそのとおりでした。私はずるずると滑り落ち、底なしの深淵を落ちて、どこまでも落ちていきました。部屋の天井の下、私は目を回していました。

一人の怪我人が、まず頭を上げ、それから体を起こしたのに気づきました。その人は骸骨みたいでした。長い間ずっと食事をとっていないようで、顎鬚が伸び、目は落ちくぼんでいました。その人が立ち上がろうとした瞬間、あの赤い口髭の男がやってきて、頭を拳で撲りつけたので、その人は鉄のベッドにぶつかりました。それを見て、男の人の体が、どうしてこんなふうになっているのか、私にはわからなくて。前にお話ししたかと思いますが、私はそれまで男の人の裸を見たことがなかったんです。男の人の体と言ったら、兄さんのしか知らないし、兄さんはお風呂場でしか裸になったり着替えたりしなかったから。なのに今、男の人たちのこんな裸の全身が私の目の前にあるなんて。わけがわからない！裸ってこんなに醜いものなの？

それは、うちの近所で起きた爆発の轟音よりも衝撃的でした。それどころじゃない、校長先生が朝の巡回の最中に図書室の近くに不意に現われたときよりもはるかに。そんなとき、スアード女史は慌てて出てきて校長先生に挨拶すると、長話を始めるんです。その間じゅう、私の心臓は早鐘を打っていました。自分がここにいることは許されていないと知っていたので、私がいることがばれたら、校長先生はスアード女史を咎めてきっと怒り出すだろう、そしてきっとお母さんは追い出されてしまう！　とわかっていたからです。それで、年に二、三回繰り返されたその数分間、私は震え上がって、おしっこを漏らしました。スアード女史は戻ってくると私に目配せし、私が白い紙きれに「家に帰りたい」と書いて見せると、校長先生が校長室に戻るまで待っていて、と言いました。またしても私がおしっこを漏らしてしまうと、校長先生の姿が見えなくなるやいなや、スアード女史は私を繋いでいた紐の結び目を解き始め、私を連れて生徒用のトイレに駆け込みました。トイレに入って「ツンとくる悪臭」を嗅ぐと、校長先生がお母さんを何度も叱りつけるのは、掃除が行き届いていないせいなんだとわかりました。お母さんはそう言われるたびに泣き出して、床も便器もあらゆる種類の洗剤で磨いていますと言うんですが。

あの数分間の話に戻りましょう、私にとって地獄そのものの、校長先生とスアード女史をひたすら待っていた数分間。それがかつて私が経験した中では最も緊迫した、衝撃的な時間でしたが、あの数分間などは、恐怖とはどういうことかを知り始めた私にとっては何でもなかったんだと、あなたに伝えておきたかったんです。あとで、飢えとはどういうことかもあなたに伝えるつもりですが、今は話をきちんと整理しておきたいので、飢えはひとまず措いておきます。飢えは三角形に似ているんです。

恐怖というものは、体の中にいくつも罠を仕掛けていき、内臓組織の一部になります。恐怖は円の形をしていて、始まりも終わりもない。飢えは、済んでしまえば終わるもの。食べるという行為によって終わり、そのあとはめったに思い出さなくなる。恐怖は、足先から心臓の筋肉にまで達する円のように、内に残るんです。恐怖という円は、足に中心があって、あなたの周りも内側も、向こう側からも背後からも包み込んで、お腹の一番下のところで終わっている。私にとって、恐怖は、おしっこという熱い液体として流れるものでしたが、男たちが怪我人たちを撲りつけているところを目の当たりにしたせいで、それさえも奪われてしまいました。あの人たちは怪我人というだけではありません。中にあるバネがはねると動き出す、ぼろぼろの体のセルロイド人形みたいでした。私のお腹は、いつも膀胱で尽きる、中が空っぽの円でできていました。彼らは怪我人たちの傷ついた箇所に拳を振り下ろし、大声をあげ、罵声を浴びせている、そこに私は没頭し始めました。もっと大きく目を見開き、理解しようとしたんです。どうしてこの人たちは、これほど異常なまでに罵り、叫んでいるの⁉

翌朝、看護師が女の子たちの一人に、あなたのお兄さんは別室にいると言いました。あなたとお兄さんは牢に戻って、朽ち果てるまでそこにいるのよ、と。その女の子は聞き取れないほどの弱々しい声で何か答え、すると西欧風の帽子をつけた看護師が反応して、これは反逆罪への罰、大統領の主権に対して攻撃し、公然と抗議する者への罰だと言い出し、それから私たちに探るようなまなざしを向けながら、独り言のように締めくくりました。私は周りを見回し、彼女は誰にこの言葉を投げかけているのだろう、これはどういう意味なんだろう、と不思議に思っていました。

正直に言うけれど、何を言われているのかわからないとき、いつも私は苦しかったんです。自分は変わっていて口もきけないのだと、そして自分の周りで起きていることが何もかもよくわからないと感じたから。でもあのときは、怪我をした人たちを眺めながら、兄さんのことを思い出しました。どこにいるの？　私の身に起きたことを、兄さんは知っているの？　お母さんはどこにいるの？　きっと何かのゲームみたいなものなんじゃないかと思いました。お母さんがそう簡単に土の下に行ってしまうはずがない、私の手首を自分の手に結ぶのを忘れるはずがない！　鉄の枷がごつごつ当たって痛むせいで、私は自分の手首をいつもみたいに触ってみることもできませんでした。舌の筋肉を動かして皆に説明したかった。私は家に帰りたい、私だけのあのベッドに戻りたい。私のベッド、私の紙、私の絵の具が欲しい。もうスアード女史の家に行けなくてもかまわないから、今すぐここを出たい。

窓越しにあの男の人たちを見つめながら、私は叫び始めました。彼らは動きを止め、看護師が入ってきましたが、私の叫び声はますます大きくなり、それから私は、周りにいる異様な人たちを見ました。私はうずくまって叫び声をあげました。それは叫びなんかではなく、私の耳に響く奇妙な呟きでした。私はむき出しになった黒い革張りのベッドの端に噛みつきました。ひどい臭いがして、酸っぱい味がしました。私は噛みつき、叫び、おしっこを漏らし、その間ずっと、いろんな方向から手が伸びてきて私を摑み、顔に平手打ちをくれました。周りで何が起きているかを見ないように私は目を開けずにいましたが、この人たちが隣の部屋の男の人たちではなかったのは間違いありません。顔に平手打ちが降り注ぐ間も、私には怪我人たちの悲鳴が聞こえていたからです。何か熱いものが下半身に注射され、まるで手で下まで引きずり下ろされていくみたいに体の力が抜けました。これが、私が落ちていく深淵の果てなのだろうと思い、やがて目を閉じ、私は眠りました。

私の目は光の道を探していました。頭が重かった。目を開けられません。昨夜、針で刺された下半身が焼けつくように痛みました。それでも、近くからかすかな音が聞こえました。

さや……さや……さや……。

その後、沈黙が下りてきて、また同じ音が漏れ聞こえました。さや、さや、さや……さや、さや……さや。

一瞬、私は自分のベッドの上で、お母さんのそばにいるのかと思いました。悪夢から抜け出したのだと。でも、声がして、目が覚めました。

さや、さや……さや……あなた、大丈夫？

なんとか目を開け、頭をそちらに向けると、私のベッドの上に一人の女の子がいました。その子の頭は私の頭とは逆向きで、私の頭のそばにあるその子の足は腫れ上がっていました。痩せていて小柄でした。血痕も怪我の痕もなかったけれど、頭は丸刈りにされていました。私は頭を上げました。その子は丸坊主だったけれど、きれいな子でした。色白で、柔らかい肌。目は大きくて、くりっとして丸く、今まで見た中でも一番不思議な目をしていました。私は夢を見ているのに違いない！　その子は、髪の毛のない人形みたいで、首には黒いリボンを巻いていました。あとになって彼女は私に、投獄されていた間にあまりにたくさん抜け落ちてしまったから、もとは豊かだった髪を剃り上げなくてはいけなくなったのだと教えてくれました。呆気にとられて見つめていると、彼女は微笑んでささやきました。

「怖がらないで……あなたはどの支所にいたの？」

彼女は体を丸めると、お互いの目線が合うように私にも同じようにしてほしいと言いました。これは大変なことでした。目を合わせるためには、それぞれの体が半円くらい弓なりにならないといけません。

私たちはどちらも一分くらいしか頭を上げていられませんでした。看護師と二人の男の人が部屋のドアのところに立っていて、廊下では兵士が行ったり来たりしています。私たちがそんなことをするのは許されないことでした。もしそんなことをしたら、あの中の誰かにひっぱたかれたはずです。

彼女がまたささやきました。

「私はパレスチナ支所（シリアの治安維持機関管下にある235支所の通称。二〇一二年にヒューマン・ライツ・ウォッチによって、一九九〇年代以降、性的虐待を含む拷問が行なわれてきた施設のひとつであると報告された）にいたのよ。パレスチナ支所のこと、知ってる？　四十日間そこにいたの」

話は聞こえている、と伝えるために私は頭を動かしました。パレスチナ支所が何を意味するかは知らない、とも。彼女は言葉を詰まらせ、唇を震わせました。「私、あなたを怖がるべきかしら」と付け加えました。私は頭を振って、小さく呻きながら、指を一本上げて「いいえ」と身振りで示しました。どうやってそんなことができたか、想像できないでしょうね。指をダンサーみたいに右、左と振ってみせたんです。彼女は話し続けていました。

「あなた、口がきけないの？」

そう！　私は頷きました。どうしてそんなことをしてしまったのか、わかりません。私は口がきけないわけではないんです。『クルアーン』は声に出して朗詠していたのだから。私は言葉を発したくないんです。兄さんとお母さんが留守のときに、大きな声で『星の王子さま』の本を朗読するのが好きでした。話をするために舌の筋肉を動かす必要を感じたことがない、と、それだけのことなんだと、どう彼女に伝えればいいいんだろう。それなのに、私は頷いて自分は口がきけないと答えてしまったんです。彼女は黙り込み、悲しそうな顔をしました。深刻な目つきでした。わずかな光のおかげで彼女の姿が見えてくると、いっそう妙な格好に思えました。彼女はジーンズを穿いていて、黒の綿のチュニックを着ていました。服は汚れているようで、両腕とも二の腕に青い線状の痕があり、胸の上のほうにも青い染みがありました。彼女はそれを指で隠すと、私に背を向け、それから体を丸めました。

ほかの女の子たちは、何か呟いたりささやいたりしています。坊主頭の女の子は、呻き続けていました。

女の子は七人なのに、ベッドは四台しかありませんでした。かすかな陽光が一筋射し込み、部屋を貫いていました。その光線越しに、さっきまでは一筋の陽光だった埃の粒子が見えました。ほんの数秒頭を上げると、窓の向こうで樹の枝が柔らかく揺れているのに気づきました。空は澄みきった青。外では騒がしい音がしていました。

あの女の子の体に手のひらで軽く触れると、彼女が親しげにこちらを見返しました。窓を指差すと、彼女は何かに刺されたかのようにさっと起き上がりました。彼女は窓を見て、「何？」と言いました。私は太陽の光の筋と埃を指しました。彼女は弱々しく微笑むと、またベッドに横たわりました。

彼女は枕もなく眠っていました。坊主頭をベッドの革の上にじかにつけています。私はというと、頭の下に枕を置いてもらっていました。

残りのベッドにも枕はありませんでした。「肋骨を折られたの？」と彼女が私の肩と胸の包帯を指差して言うので、私は指でこんなふうにやってみせました。どうやったかわかりますか？　指でピストルを作ってみせたんです。そして、二本の指を鋏の形にして肩に当てると、彼女は息を呑んで、「どこで？」と訊きました。私は答えませんでした。

彼女は目を瞑ろうとしていました。どうして彼女がここにいるのか理解できませんでした。入院が必要なほどの目に遭ったようには見えません。顔を照らす柔らかな陽光越しに、その子の純粋さが映えるようで、そのせいで彼女の顔はあどけない子どものように見えました。それを見て私はとまどいました。というのも、彼女の体は大人の女性みたいで、痣があっても美しかったからです。

それから彼女は首を回して頭を動かし、私のために体の向きをあちこち変えようとしたので、骨がぽきぽき鳴るのが聞こえました。彼女は、自分はルクヌッディーンの検問所で捕まったのだと言いました。私の返事を待たず、彼女は私の目を見ながら独り言のように語り、呟き続けて、そして懇願するように、あいつらに注射を打たせないようにするのよ、と言いました。眠っている間、何をされるかわからないから！　私は、どうして？　という仕草を頭でしました。そうして、彼女が喋っている間は、ときどき頭をそむけるように回して、一緒に話しているところを見られないようにしました。向かい側のベッドの二人の女の子は、お喋りしているところを見つかって、平手で撲られていたからです。

そのとき、私は首を回して、男の人たちの部屋に面した窓のほうを見ました。窓の細長い隙間から、新しく来た怪我人が見えました。その人の片足は、長くて白いロープで高く吊られていて、胴体は骨盤の辺りまで白い包帯でぐるぐる巻きにされていました。その若者は上半身裸で痩せ細り、赤いトランクスを穿いていました。私は頭の向きを変え、ふたたび女の子の足のそばに体を丸めました。彼女は、これからここで過ごすことになる日々の話をしていたけれど、私には何のことかわかりませんでした。あいつらは私のすることを調べ上げて、私の話を盗聴していた、と彼女は言いました。デモ活動に参加したり、怪我をした人たちに薬を運んだりしていたそうです。彼女は恐れることなくそれをすべて認めたのでした。

彼女はほとんどボールのような形になるまで体を丸めました。そして私に言いました。

「私、もうすぐ死ぬのよ。そう思うの」

そして体を伸ばし、私から離れ、目を閉じました。髪の毛のない頭は見事な形で、彼女の頭蓋骨の均整の取れたさまがよくわかります。彼女の頭の丸みと目の丸みは似ていました。次の日の朝まで、彼女は静かにしていました。その後、あの看護師と二人の男がやってくる前、私にこうささやいたんです。

「意識を保つのよ！」

彼らが入ってくると、彼女は沈黙しました。彼らはすばやい動作で彼女をベッドから立たせました。彼女はほとんど歩けませんでした。突然がくりと膝が崩れ落ちたので、やむをえず、男の人が彼女を抱え上げました。私の視界から去り、いなくなろうとしている彼女は、とても軽そうに見えました。彼女は私を見つめていました。目を精いっぱい見開いて、何もするなという仕草をしました。眉を上げ、目を大きく開いて、彼女はすばやくもう一度同じ動きをしました。

……坊主頭の、大きな目をした女の子は、いなくなりました。

ベッドは血まみれでした。この血がどこから流れたものなのか、どこであの坊主頭の女の子は怪我を負ったのかも知りませんでした。あの子の名前を訊くのも忘れていました。彼らがいなくなると、私は指でその血を撫でました。

あの子は血を流していた。なのに、私はあの子のジーンズに大きな赤い染みが広がっているのに気づきもしなかった。私は叫びませんでした。彼らがまたやってきて、坊主頭の女の子が話していたあの注射を打たれるのが怖かったんです。

でも、それは大したことではなくなりました。あと一時間もすれば、兄さんが私を引き取りに病院に来てくれるからです。

部屋の前に兄さんが現われたとき、看護師が男の人と一緒に入ってきて、二人で私の枷を外し、手を摑みました。兄さんはそこに立っていました――何の関心も感情も見せることなく。退院手続きが済むと、兄さんは私を引っぱっていきました。私の手を摑むと、右の手首に、いつもお母さんが使っていたのと同じ紐を結んで、自分の左手と繋ぎました。タクシーに乗る前、兄さんが口にしたのはたった一言だけでした。

「無事でよかった、神に感謝を」

兄さんは私の目を見ませんでした。

兄さんの顔は石像のようでした。私の鼻の奥には、あの革張りのベッドの腐ったような悪臭がまだこびりついています。――

これからようやくあなたに、この先の話がどうなったかを伝えることができます。スーパーボールで遊ぶように、私なりのやり方で話していくつもりです。まるで、その中に壊れた鏡の小さな破片がちりばめられているみたいに。私はスーパーボールを放り投げ、指で摑み取り、歯を食いしばります。それからボールを地面に向けて力強く投げつけ、その瞬間、ボールは地面に当たって、青い流れの中で小さな鏡がきらきら揺らめくんです。鏡は銀色のはず。青い流れが鏡の小さな破片をひらめかせ、あの大きく広がる輝きを反射します。スーパーボールって何か知っていますか？　とても小さくて、ゴムでできています。中にたくさんの色が入っていて、地面に投げつけると、目の前で飛んだり跳ねたりし続けます。

私は、スーパーボールの内側で起きていることのように、いろいろな出来事を語ることができます。

あなたは気づいていないでしょうけれど、今、私はハサンの帰りを待ちながら、スーパーボールで遊び、時間をつぶしているんです。スーパーボールは私の手元にあります。空想上のボールが、紙の包みと印刷機の残骸が積み上げられた地下室の中――あなたに宛てて物語を書き始めた場所――にあるんです。

私はこれから、人々の喚声と救急車のサイレンが響き渡る中、私たちの乗った車が病院の門の前からどんなふうに走り去ったかを語るつもりです。そして、私たちが脱け出した病院の廊下がどんな形だったかを描写していきますね。それから、お母さんがいつもしていたとおりではあったけれど、兄さんがきつく私の手を握って、手首を締めつけてくるのが痛かったこと。呼吸さえもいつもと違っていてはいけない、と気をつけていたことも。

肩が痛くて、どうしていいかわかりませんでした。ただひたすら家に、自分のベッドに帰りたかった。

そして、鏡の破片がきらめいたから、今、私の頭脳が、革張りのベッドの上で血を流していた坊主頭の女の子とその子の大きな目について考えていたんだとあなたに伝えることにします。あの子はどうなっただろう、あの二人の男の人はどこにあの子を連れていったのだろう、と考えていました。いえ、あの子に何が起きたかをあなたに教えることもできます。でもそれは今じゃない。なぜって、あの子の大きく見開かれた、無惨な、感情を失った目の様子が、私の頭から離れないから。封鎖の只中であなたに宛てて書いているこの瞬間も、そのまま離れずにいるんです。

どうすればあの目を、星の王子さまが自分の星を曲線で描いてみせたように、あなたに描いてみせられるかしら――今は描けません。もしそういう絵を全部ここに描き加えていったら、この紙よりもっともっと大きな用紙が何枚も必要になってしまうから。あいにく、ここに積み上げられた紙は全部同じサイズなんです。同じサイズになるように違うサイズの紙を継ぎ足して、青い蓋の――この一本きりの私のペンと同じ色の――プラスチックの箱に入った糊で貼り合わせたので。私はあなたのために、大きな目の絵を、あの坊主頭の女の子の、白目の見えない目を描いておきます。

あの牢獄の病院を出たあと、私と兄さんが通った道路の様子も説明できます。汗で濡れそぼった褪せたピンク色のタオルを首に巻いた運転手のこと。ときどき手の指で拭ってはいたけれど、汗がおでこからとめどなく流れ落ちるので、やがて運転手は、クソッ、八月に入っちまったな、と悪態をつきながら窓を開けました。

ここで、検問所で何度も止められた話をすべきかもしれないけれど、まずはこの話をしたほうがいいと思います。同じ話を何度もするのはいやだから。

私はここ、地下室の鉄柵の入った窓越しに見える空も表現できるかもしれません。青い小道のかけらみたい！　向かいの空き家の窓の下を通り過ぎる猫たちを見る方法や、爆撃された建物の形も説明できます。

でも、私は決してスーパーボールみたいにふるまったりはしません。この瞬間でさえ、私は飛び跳ねるボールの中の小さな鏡にはならない。

今、何が起きたかを思い出そうとしながら、私の思考は飛び跳ねています。忘れないで、覚えていなければならないんです。あの女の子の坊主頭には、二つの目があって、いつでも私を見つめているということを。だから私はあなたに、ありのままの自分の話を続けたいんです。

家ではいつもベッドの下に隠れて書いていました。そういうやり方はあまり好きじゃなかったけれど、ベッドの下で私は、直接の意味よりも、色、線、そして形のほうがもっと大切であることに気づいたんです。ベッドが私の秘密の星のひとつになったからこそ、私はそのことを発見できた。この話はあとでしますね。

ベッドは私の友だちです。頑丈で、古くて、脚が長くて。スアード女史からの贈り物のひとつでした。長い脚のおかげでベッドと床の間に空間ができるので、お母さんはそこを雑多なものをまとめて置くのに使っていました。そして、ベッドの上にきらきら光る糸で刺繍されたベッドカバーをかけるんです──そのカバーもスアード女史からの贈り物でした──この金色の刺繍があるベッドカバーには、ところどころ透かし模様がありました。お母さんは、私が部屋の中で動き回れるように長い紐で繋いでいましたが、お母さんがいないとき、私はベッドの下のものを引っぱり出して、部屋の隅に積み上げました。腹ばいになってペンと紙を置き、思う存分、書いていくんです。もし私が、あの金色の刺繍が入ったベッドカバーを自分と部屋とを隔てるカーテンにしなかったら書けなかった、と言ったら、あなたは信じてくれますか？　そうやって四角形かボール箱みたいな空間の中に閉じこもり、私のお話を書くんです。閉じこもったあとにはいつも、自分の周りのものの様子を全部書き留めて、さまざまな形の絵を描きました。言葉のあらゆる特性は、絵になるんです！

夜、お母さんと兄さんが帰ってくると、私はそれらの絵に色をつけていきます。残念だけど、あなたがあの絵を見ることはまずないでしょう。それに、この先あなたが見られるかどうかも実際わかりません。あの絵は、部屋の隅とベッドの間に詰め込まれた私の箱の中にあるので。

それでも、あなたにはぜひ気づいてほしいんです。私には物語を創り出す才能があるということに。スアード女史がほめてくれた才能です。

ある日、特に頼まれて書いたわけではないけれど、スアード女史は私の書いた物語を読んで、それから呆気にとられたように私を見て、こう言ったんです。「ねえ、あなた、天才よ！」

その話はこのくらいにしておきますが、あなたにはこのことも打ち明けなくてはいけません。絵は、あの若者にも見せたことがあったんです。あの、胸を触らせて、私に抱きつくのを一回、……たぶん二回、許したあの若者に。二回目はあっという間だったけれど、私が大きな袋の野菜の中身を空けているときに、彼は私の顔に自分の顔を寄せました。私は、自分がありふれた女の子じゃないと知ってもらうことは大事だと思ったので、部屋の壁に自分の絵を貼り出しました。どれも川の前に何人かの女の子がいる絵で、どの絵も女の子の誰かが動いていて、次から次へと変わっていくんです。絵の上には余白を残して、そこに彼女たちのお喋りを書き込んでいました。そういうのをスアード女史が買ってくれた雑誌で見たことがあったんです。せっかく張り切って絵を貼り巡らせたのに、それにどの絵にも、「リーマー・サーリム・マフムーディー画」って書き入れていたのに。

彼に、絵を見て、と目配せしました。けれど、彼は絵は興味なさそうにちらっと見やっただけで、そのあとは私の豊かな胸をじっと見つめていて、ある日突然、口紅がなくなって彼が姿を消してしまうまで何度も繰り返し言っていたのと同じ言葉を口にしました。「ああ、君の瞳はなんてかわいらしいんだろう」。そう言っているときも、彼の目は私の胸しか見ていませんでした。それでも、彼がいなくなると私は張り合いを失ってしまい、もう絵を展示することもなく、あの箱の中に隠してしまいました。

あの箱をいつか取り戻したいと思っているけれど、今はスーパーボールの色の話は措いておいて、これまでの話の続きをします。

私たちは車に乗っていました。もうお話ししたように、兄さんは無言で私の隣の席に座っていました。私のほうを見ず、運転手に脇道に入るよう指示しながら、行き先を案内しています。腕がずきずきと痛み始めてきたけれど、黙っていました。私がしたことと言えば、ただ兄さんの手を摑んで振るくらいです。ふと頭を窓のほうに向けました。完全武装した男の人たちが集まって、何人かの若者を取り囲んでいます。兄さんはこちらを向くと、私の顔を摑んで反対側を向かせて、こう言いました。

「目を瞑るんだ！　俺が合図するまで、目を開けるんじゃないぞ。いいな？」

兄さんは感情のない目をしていました。そんなまなざしを今まで見たことがありませんでした。兄さんの髪は脂じみて、いやな臭いがしました。私はもっと兄さんに近づくと、兵士たちが集まっているほうに目を向けました。すると兄さんは厳しい目つきで、人差し指を唇に当てて注意しました。運転手は目で私たちの様子を追っていて、いぶかしげに私を見ると、こう言いました。

「兄《あん》ちゃん、どういうことなんだ？……妹さん、どうかしたの？」

何でもない！　妹は階段から落ちて怪我しただけだ。兄さんは早口にそう答えました。運転手は何か私には聞き取れないことを呟くと、細い小路へと曲がりました。運転手の声はますます無遠慮になりました。

「ここまで連れてきたんだから、もう降りてくれ。この先は入れないんだよ！」

兄さんは車のドアを力いっぱい閉めました。指を震わせながら強く私を摑むと、自分の後ろに引き入れました。腕が痛かったけれど、私は一言も声をあげませんでした。

私たちは太陽の下を長い時間歩きました。歩いて、歩いて、見慣れない小路に入り、それから、樹が茂る舗装されていない土の道を越えていきました。泣きたかった。肩がひどく痛みました。兄さんはまったく私を見ようとしません。空を見つめながら私を引っぱっていき、樹の下でひと休みすることにすると、「座れよ」と言いました。私は座り、兄さんは薬を入れたビニール袋をバッグから取り出し、水の入ったコップと一緒に錠剤をいくつかよこして、「飲むんだ」と言いました。私は水で薬の錠剤を飲み下しました。私は興味津々に兄さんを見て、目をそらさずにいましたが、兄さんはちっとも私の顔を見ようとしません。延々とひっきりなしに煙草をふかしながら、一年くらい前に買った携帯電話――とても小さな――でどこかに電話をかけていました。

種類はわからないけれど、細い幹の樹々が、私たちが座っている上でけだるそうに葉を揺らしていました。それまでこんな樹は見たことがありませんでした。あの細い小路の前で運転手と別れてから、二時間以上は歩いたと思います。家からずいぶん遠いところに来てしまった。どこにいるかもわからなかったし、言葉を発することもできませんでした。それに、何か言いたいときのために小さなノートと一緒にいつも持ち歩いていたペンも手元にありませんでした。私のバッグはお母さんのところに置いてきてしまった……お母さんは、あの人たちが言うには、死んでしまって、お母さんのバッグはなくなってしまいました。

木立が十もありました。土の道の左側に並んでいます。住宅地からは離れていて、車の修理や洗車やワックスがけをする工場群が近くにありました。ダマスカスからは遠くないところにいるのだろう、と思いましたが、私たちの家からはだいぶ離れてしまいました。小型トラックが通り過ぎるたびに、空中にもうもうと土埃が上がります。そのせいで苦しくなって、ほとんど息が詰まりそうでした。私の顔は太陽に灼かれました。

私たちは待つしかありませんでした。兄さんにおとなしくしてくれと言われましたが、私は兄さんの足を蹴りつけ、怒りを込めて兄さんを睨みました。それでも兄さんは何の反応も見せず、途方に暮れたまま小さな携帯電話の画面を次々と切り替え、連絡し続けていました。

たぶん、三十分くらいそうしていたと思います。それから兄さんが言いました。

「お前は賢いから、何が起きているかわかるよな?」空を見ながら兄さんは私に話しかけました。私は兄さんを見つめ、頭を上から下へ、規則正しく動かしました。

兄さんはだいぶ変わってしまいました。前は、まず目が笑い、それから大笑いして私と一緒に模様入りの赤いプラスチックの敷物の上を転げ回っていたのに、もう私が好きだったあの男の子ではありません。兄さんの目は見慣れないものになってしまいました。私を不安にさせたのはたったひとつだけです、人々の顔にふと見かけるようになったあのまなざし。病院にいた坊主頭の女の子の目、投獄された怪我人たちを撲っていた男の人たちの目、通りを行く人たちの、車を運転する人たちの、鈍い目も。あの人たちの目は、どれもすっかり変わってしまった。あの目の絵を新しく描けたらと思ったけれど、あの人たちの目は違う形になっていくから、描いても無駄なんです。頭の中で、どうやってあれが丸い形に変わっていくんだろうと私は想像していました。私の想像の中では、目はいきいきと動いてはいませんでした。ときどき変なふうに四角になったり丸くなったりしながら広がっていって、顔いっぱいの大きさになるんです。まばゆい白目、それぞれに黒い瞳があります。兄さんの目や、看護師の目、坊主頭の女の子の目はそんなふうに見えました。変なふうに広がっていく兄さんの目から、何を言おうとしているのか理解しようとしたけれど、できませんでした。私はおとなしかったから、兄さんに厄介をかけたことはなかったし、今も、これまでもずっとそうでした。兄さんは地面に落ちていた木の枝を拾い上げて、それで入り組んだ線を描き、喋り続けていました。たまに奇妙な沈黙がありました。熱風と貼りつくような日射しの暑さ。私たちは二人きりで街の外れにいて、背後には、小さな木立が点在しわずかな家々があるだけの広大な平地が広がっています。前には、重なり合い、ひしめく家々がありますが、とても遠くて、まるで静物画のように見えました。兄さんは話をやめると、私の手首の紐を解き、それからもう一度それを、今度は優しく、きつく締めつけないように気をつけながら結びました。私の手首の紐を締めながら、兄さんは泣いていました。涙がとめどなく頬を伝い、兄さんが紐を結んでいく私の手首にぽろぽろとこぼれ落ち、涙の粒が手のひらに残りました。私は兄さんの目を見ないようにしました。兄さんが小声で言いました。「痛いか?」

それで私は笑って首を振りました。兄さんは目をそらしたけれど、私はただ兄さんに見てもらいたかった。私は悲しくない、兄さんは私のことを案じなくていいとわかってほしかったんです。でも兄さんは私を見ずに、優しく結び目を締め続け、その後、樹の幹に寄りかかって煙草に火をつけ、遠くを眺めました。はるかに、互いに入り組んでマッチ箱みたいになった家々が見え、空は真っ青、プロペラ機が、爆撃の轟音を立てることなく横切っていきました。

俺たちはついていたんだ、この地区は無防備ではあるけど、空爆対象じゃない地区に俺たちはいるんだから。兄さんはそう言いました。

私は体を引き、兄さんに身を寄せました。樹の幹は細くて、二人一緒には寄りかかれません。煙草の煙を吐き出しながら、兄さんは少し私から体を離しました。兄さんは、そこらにいるような世間一般の兄さんたちとは違います。兄さんというものをそんなにたくさん知っているわけじゃないし、兄さんも姉さんも近所の何人かしか見たことがないけれど、私の兄さんはまるで違いました。あなたがその目で見たことがあるうちでも、一番の美形だと思います。お母さんはよく、兄さんはお父さんそっくり、と言っていました。お父さんは私が四歳のときに私たちの人生からいなくなり、それ以来何の話も聞きません。お母さんは、ある美しい春の夜に、お父さんと駆け落ちしたそうです。でも、お父さんは数年後にお母さんも私も兄さんも置いていなくなりました。大人になるにつれて兄さんがお父さんのことを悪く言ったり非難したりするようになると、お母さんは怒ってこう言いました。

「何があったか誰も知らないくせに。あの人を私たちから引き離せるのは、唯一、死だけよ」

本当は、こういう細かい話はどうでもいいんですが、兄さんについて話すにはちょうどいいんです。兄さんは世界一の美男子です。その顔《かんばせ》はまさに白皙！　おでこと頬にいくらかにきびの痕は残っているけれど。顎鬚を伸ばしていて、ちょっと変わった皺が顔の特徴になっています。兄さんの頬を描くには断然くっきりした線に限ります。完璧に引かれた線です。鼻は繊細で孤高を保つ丘の形。私が集めていたギリシア人男性の肖像画みたいに途中でなだらかにカーブしているけれど、兄さんの鼻はあんなに太くありません。きりっとして、偉人みたいでした。目の色は私と同じ。お母さんは、お前たちは本当によく似ている、とよく言っていたけれど、私はそんなに似ているとは思わなかったです。

あの日、木立の下で、私は兄さんの顔をもっと知ろうとしました。

なぜかというと、お母さんの顔を忘れてしまったから。お母さんとの生活をあれこれ思い出そうとしたら、お母さんの顔が出てこなかったんです。幅広の紐を締めていた手首の形は覚えています。その紐のせいでついた痕の赤い色も覚えています。学校から帰ると、お母さんは顔と手を洗って、それからその赤くなったところを擦っていました。でもお母さんの顔が出てこないんです。そして遠くを見つめている兄さんは、ほんの少し違うけれど――髪がもつれて逆立っているからです――お母さんだと思えてきました。兄さんはまだ私の視線から逃れようとしていました。お母さんはそんなことしなかった、私を絶えず見張っていたから。今、私は兄さんを見張ることで、お母さんの役を引き受けているんです。兄さんの額から汗の雫が噴き出してきました。兄さんは汗を拭いませんでした。細い樹の枝を揺らす、緩やかで燃えるような風のせいで、兄さんの顔のあちこちに、そして二の腕に滴る汗の雫が重くなっていきました。

暑さで窒息しそうでした。一握りの土をすくって空中に撒き散らすと、兄さんが咳き込み始め、私の手を摑んで押さえつけてきました。でも、その一握りの土を私は離しませんでした。兄さんはもっと強く押さえつけてきたけれど、私は土を離しませんでした。兄さんに手を押さえつけられても私は叫び声をあげず、兄さんの顔に土を撒き散らしました。土埃が兄さんにまとわりつき、まつ毛の上で軽い粘土のようにこびりつきました。私は兄さんを見つめました。

「やめろよ！」私の顔を見ずに、兄さんは言いました。泣いていました。私はやめませんでした。何度も土を撒き散らし、兄さんは何度も咳き込みました。兄さんの目からあふれ出した涙が、頰に白い筋を描くのが見えました。土を撒き散らし続けながら、私は空に炎立つ日輪を見上げました。

やがてガタガタという音が近づいてきました。大きな音ではありません、オート三輪の音。私たちは「タルティーラ」と呼んでいるけれど、そんなことはもちろん知っていますよね！　私が書き始めたこの紙の束をいつか読んでくれる人が、宇宙からやってくるとは思えません。誰がこれを見つけてくれるとしても、それは男の人のはずです。この界隈では女の人が出歩いたりすることはめったにないから。軍の大隊はたいてい、女の人が外に姿を現わすのを許さない、とここの女の人たちは言っていました。でも、あなた自身は、男の人かもしれないし女の人かもしれないけれど、それも大したことじゃないんです。たいてい、女の人はどうしてもというほどの必要がないかぎり出歩くことを禁じられているから、それであなたは男の人だと思ったんです。あなたがこの紙の束を見つけたら、そのそばに、一本きりの私の青いペンがあるはずです。私の物語を書き終えることになるペンです。このペンはあなたに知ってほしいことをすべて知ってもらうまで、決して尽きることはありません。

あなたや私がスーパーボールの中の鏡の破片になったり、事実がごちゃごちゃになったりしないように話を戻しましょう。何が言いたいかというと、あの瞬間、私が土を空中に撒き散らして、兄さんが咳き込み、乾いた枝と黄色くなり始めていた緑の葉越しに日光が射したとき、目の前に一台のタルティーラが停まった、ということで、兄さんは私を引っぱりました。私は兄さんの目があのまなざしに変わったのに気づきました。それまで見たことのなかった目つきで、そのせいで兄さんが怖く見えたんだと思います。私は震え上がり、顔をそむけました。兄さんの目は、鉄の黒目が入っているかのように、まったく瞬《まばた》きしませんでした。

オート三輪から男の人が二人降りてきました。一人が兄さんにビニール袋を渡し、兄さんはすぐに中身を空けました。中には服が入っていました。それと同じような服を私は着続けていて、私たちがこの呪われた場所に入ったとき、私が動き回るのに着ていたのも同じでした。また同じような何着かをこの地下室で投げ捨てました。地下室には積み上げられた紙の包みがあり、目の高さのところに縦長の窓が嵌まっていて、窓の外を歩いている猫や犬の足、爆撃でえぐれた穴もよく見えます。折り重なった建物の残骸のせいで空はよく見えず、小さな空のかけらが見えるだけ。細長い寸法の、小さな空のかけら。この地下室で、兄さんの物語を書き終えたら、あとであなたにこの空がどんなふうかを書いてみますね。何本かの樹と、燃え立つような太陽の下で兄さんと一緒に待っていたときには、自分がこんなところに取り残されることになるとは知る由もありませんでした。

タルティーラに乗って三人の男がやってきました。私たちを乗せて、いくつもの迷路を抜けていくうちに夜のとばりが下りました。タルティーラに乗るとき、兄さんから黒い服を渡されました。私はそれを着て自分の顔と色鮮やかな服を隠さなくてはなりませんでした。ここではそれが義務になっているらしく、ここの女の人たちはこういう服を着ているそうです。服の黒は重苦しくて、色鮮やかなヒジャーブをまとうこととこれを着ることの何が違うのか私には理解できませんでした。兄さんがまた手のひらで私の口を塞ごうとしたので、私はその指に嚙みつきました。私が笑い声をあげる横で、兄さんは頭をぐらつかせて具合悪そうにしていました。私はというと、とっくにはらわたが口から出てきそうな気分になっていました。兄さんも私もガタガタと激しく揺れて、兄さんは手のひらで私の両目を塞ぎました。笑いながらも私は兄さんの目を見ませんでした。兄さんに指で乱暴に顔を包まれて、私は窒息しそうでした。

タルティーラが停まり、私たちは降りました。そこに、猛烈に暑い日なのに覆面を被った三人の亡霊が現われました。

亡霊1が言いました。「一時間くらい歩くことになる」

亡霊2が言いました。「一言も喋るな、声を出すな……この先に戦車がいる、ほかにもいたるところに検問所がある。息をする音も聞こえないようにしてくれ」

亡霊3が言いました。「ついてくるんだ。並木沿いにまっすぐ行くぞ」

それから彼らは話すのをやめました。彼らは三人の男たちで、外見では区別がつかなかったけれど、私はこれから自分たちが何をするのか楽しみでした。三人は物語に出てくる魔法使いか亡霊みたいでした。白い長衣《アバーア》を着て、頭にはターバンを巻いて、低い声で話し、夜闇に紛れる。そんな彼らに私たちはついていくんです。兄さんはもう後ろにいる私を引っぱったりせず、手を繋いでくれましたが、亡霊の男たちについていくとき、私の耳にこんな恐ろしい文句をささやきました。

「ひとつでも間違った動きをしたら、お前、死ぬぞ。大声を出すな、さもないと俺たち全員死ぬ羽目になる」

ヘリコプターが頭上を旋回していました。私は、舌の筋肉を動かさなくてはと思いました。ヘリコプターの音だとわかっていたので、私たちは立ち止まり、私も兄さんも亡霊の男たちも樹の茂みの下に伏せました。

あとになって、何が起きていたのかを知りました。

朝になり、私たちは武器をたくさん持った男たちの戦場との区切りになっている道路を渡っていたのだと知りました。亡霊と一緒に私たちは樹の下に隠れ、身動きひとつせずにいましたが、私は、鋼鉄の腕みたいな兄さんの手にぎゅっと摑まれた自分の指を動かしてみようとしました。兄さんは私を引き寄せ、自分の胸元に私を隠しました。三人の亡霊の姿を見てみようとしていると、私がそわそわしているのに気づいた兄さんが、もう一方の手のひらと指で私の顔を塞ぎました。一時間近く、私たちは折り重なったままでいましたが、やがて三人の亡霊は前に進むことに決め、私たちは黙ってついていきました。兄さんは結びつけている私の手を指でさらにぎゅっと握り締めました。

痛かった。私の口から何かが出ました。何かはわかりません。あとで兄さんから、お前は大声をあげたんだと言われましたが、何が出たのか、私にはわかりませんでした。口を閉じたままでいたら、私は死んでいたと思います。それが口から出て、舌の筋肉から発せられるのが聞こえたとき、皆は地面に伏せ、兄さんがすばやい動きで私を押し倒し、私は顔から土の中に落ちました。

夜が明け始めていたようでした。私は土から、取り巻く風からそれを感じ取り、口を土に埋もれさせたままでいました。私は硬直していました。心臓の鼓動が止まりましたが、死んではいませんでした。これは私には不可思議なことでした。世界のすべてが私の耳の中で鼓動に変わりました。

我に返り、自分の心臓の鼓動を聞いたとき、兄さんがシャツを脱ぎました。明るい色のシャツです。

私は、兄さんが普段はお母さんがハリーケ（ダマスカス最大のスークであるスーク・ハミーディーエ内の地区）の古着屋で買ったお気に入りのストライプのシャツを着ていたことを思い出しました。そして病院から連れ出してくれたとき、兄さんが明るい色のシャツを着てずいぶんめかし込んでいるように見えたことを思い出しました。いつもとは違っていました。体からひどい臭いがしていたのに、どうして兄さんがよそ行きのシャツを着ていたのか、私にはわかりませんが、その兄さんのシャツは私の口に嚙ませる猿ぐつわになりました。土の中から私の頭を引き上げると、兄さんはシャツの両袖を私の顎にかけてきつく縛り、猿ぐつわにして巻きつけ、結び目を固く絞りました。

何かが兄さんの頰の上で光るのが見えました。入念に被せられた新しいヒジャーブから目しか見えない私の顔に、兄さんはもう一度シャツを巻きつけると、顔をそむけました。私の顎にかけたシャツをきちんと結び、それから私を立たせました。

三人の男の人が立っていました。そのときかすかなため息が聞こえ、私は兄さんに近づきました。兄さんに、言われたとおりにしなくてごめんなさい、と伝えようとしましたが、兄さんは私を見ていません。それに、私の口はシャツの猿ぐつわで塞がれていました。私たちはいくつもの道を一時間ほど歩きました。黒い布のような空に銀色の針穴が穿たれ始め、私は兄さんに身を寄せました。

亡霊2が言いました。

「無事に着いたな」

そのとき、兄さんは初めて私を見ました。うちの街区で死んでいた猫のような、虚ろなまなざしでした。私は銀色の針穴に飾られた空の下で、あのうっすらとした、細い線に気づきました。兄さんの両の頬を伝った涙の跡。

すでに私たちは封鎖下に入っていました。

呪わしい夏が始まってから一か月が経ちました。もっと経っているかもしれません。

私たちは封鎖下に入りました。封鎖下と呼ばれているものに。

絵の具もベッドもありませんでした。私は、自分たちが暮らす新しい場所を理解しようとしました。私と兄さんとで一部屋。小さくはありません。何家族もが暮らしている一軒家の一部屋でした。ザマルカー（ダマスカス郊外県の町）というところで、ダマスカスの東にあると聞きました。そう遠くないところに私は暮らしているのに、そんな名前はいまだかつて聞いたことがなくて、自分は世界の真実を何ひとつ知らないような気がしました……この世界の影すら知らない。本から何もかも学んできたと思っていたのに。

二つの家族が、食べ物を持ってきてくれたり私に親切にしてくれて、私も家の掃除を手伝ったりしました。どちらの家族も私には優しいまなざしを向けてくれて、いちいち詮索しないでいてくれたけれど、飛行機が頭上を通過して爆弾を投下したとき、私がその場に立ち尽くしていたら、恐ろしげな目でこちらを見ていました。たぶんこのせいで二家族とも、この子はおかしい、と思ったんじゃないかと思います。

あんたは飛行機の真下に立っていて、あとを追いかけていったんだよ、とウンム・サイードに言われました。おかしな話だけれど、私はこの人たちは皆、馬鹿なんじゃないかしらと思いました。飛行機の轟音の下で、逃げ惑う蟻の行列みたいに這いまわるなんて。なぜあんなことをするのかしら。もしこの地区に飛行機が爆弾を落としたら、どのみち死んでしまうのに。助かるかどうかは偶然でしかないのだから！ その正面に立つか、少なくともまっすぐ見つめるかする以外で、死を免れられる方法なんてあるの？ あの人たちはまったくどうかしていました！

夏空からあのいやな臭いがする泡が降り注ぐ前の十日間、私たちがどんなふうに暮らしていたかを説明するには長い時間が必要です。でも、私にはその余裕はないと思います。

黒いヒジャーブから一日一本ずつ引き抜いて、私の枷の紐に掛けてきた糸の数からすると、あの坊主頭の女の子と別れたのは二十日かそれ以上前です。つまり、私がこの場所に入ったのは八月の初め。

ぜひとも知ってもらいたいんですが、実は私はかなり几帳面な性格です。数字の話も完璧に理解できます。うまく喋れさえすれば、数学者になれたかもしれません。そう、お母さんはいつも、お前は賢いと言ってくれたのに、私は言葉を発するのを拒んでしまいました。本当のことを言うと、私はそれを後悔しています。でも、後悔しても、言葉を発するために舌の筋肉を動かす訓練をしても、結局、時は過ぎてしまいました。

ここでは、何か不可解なこと、どうにも正当化できないことが起きている、と私は悟りました。ここは、アリスが入り込み、不思議の国にいると思った、あの世界みたいなものかもしれない。でも、これは繰り返しになるけれど、現実には、こっちの世界は、不思議の国のように色彩にあふれた世界ではありません。猫は消えたら二度と現われません。ここの猫たちは喋ったりせずただニャーニャー鳴くばかりで、しかも、死んでしまいます。猫は驚くほどの速さで増えていきます。ほとんどはくすんだ灰色の猫たちで、白い猫も一匹いて家の周りを歩き回っていましたが、やがて白い毛も汚らしい灰色になってしまいました。昼の間、猫は家の内庭《サハン》の樹の下で丸くなっています。内庭《サハン》、とは家の中庭のことで、お母さんはいつも内庭《サハン》と呼んでいました。私はこの言葉が気に入っていました。内庭《サハン》に座っている自分の姿を想像するのも好きでした。お皿《サハン》の縁に添えられた匙みたいに、その私はとても小さいんです。

私たちがザマルカーの家に着いたとき、ウンム・サイードは、私たちはグータ（ダマスカスの東から南にかけてを囲む郊外地域）のザマルカーと近くの別の町の間にいると言っていました。のちに私は、この家のおかげで自分たちは死を免れたのだと知りました。

私の家はドゥウェルア（ダマスカス市内南東に位置する地区）とムハイヤム・ジャラマーナーの間にあったので、グータの他の区画のことは知りませんでした。一度だけお母さんとアルビーン（ダマスカスの南にあるダマスカス郊外県の町）に行ったことはあるけれど、それもずいぶん前のことです。世界はとても、とても広いようです。

思いつきで脈絡もなく書いているせいで、私の言葉はすごくわかりにくいかもしれません。ごめんなさい。私はこれまで一日も作家だったためしがないんです。確かに、前にも言ったように、私の箱の中には、自分で文章を書いて、挿絵を描いて色を塗った物語が何十もしまってあるのだけれど。箱のこともう話しましたよね。

この二日間、お腹が痛くなることがあります。私の箱とベッドは、私のお腹を痛くすることができるんです。この痛みがどういうものかを説明するには、『星の王子さま』の本の美しい絵のようにそれを描かなくてはいけませんが、でもそれは無理な話です。私は鉛筆でしか絵を描いたことがなくて、ここには鉛筆がありません。それでも、いくつかはこの青いペンで描いてみます。

痛みを感じると、私は自分の箱とベッドのことを思い出します。というか、私の本と箱が、私に痛みを感じさせるのだと思います。私の本と箱は、いくつもの継ぎ目で繋がっている、直角のジグザグ線で描かれた森に似ています。想像してみてください。私のお腹はまっすぐな線で、数か所で折れ曲がっている……ことか……ことか……ことか……鋭角に折れ曲がっています。こういう線が、生きることを困難にするんです。


ザマルカーの家では、窓ガラスは透明なビニールシートでできていました。爆弾とか空から落ちてくるものが、何もかも壊してしまうからです。人々はガラスの代わりに透明なビニールシートを使うことにしました。今、これは大したことではありません。気温が高くて、窓を開けないといけないからです。私たちの部屋のドアは、息苦しいほどの暑さでも閉めたままにしなくてはいけませんでした。よそに女の人たちのいる家があったんですが、誰が家の主かはわからなかったけれど、男の人たちがその家を、身内以外の人目に晒さない「禁域《ハレム》」としていたせいです。私たちも女性と子どもばかりだったので、部屋は同じような扱いにされました。男の人たちは武器を担いで出たり入ったりしていて、なかにはカメラと武器を持って、救急の仕事でも何でもする人たちもいました。

その一人がハサンでした。あとで私がその話をしようと思っている人です。恋の話になります。恋がどういうものか知っていますか？　恋は、お腹が痛くなるものです。それは左胸から始まって、そこにお母さんの編み棒のような燃える串が現われます。燃える串があなたの心臓をお腹の底まで貫くと、あなたはぼうっとして動けなくなってしまいます。恋は、ほっそりとした長い腕をもつ小さな星の群れで、踊りながら巡り、やがて絡まり合って結び目になり、まばゆい光を放ちます。恋というのは、全身の筋肉が、私の舌と同じように、無言になってしまうことです。

家の内庭に男の人たちが座っているとき、そのときだけ、私はドアの穴から目を凝らしていました。部屋のドアは閉まっていても、私はじっと見守っていました。その中には兄さんも一緒に座っていて、姿が見え隠れしています。ドアの小さな穴から、私の視線はあの人の顔に注がれていました。たいてい、あの人は部屋のドアとちょうど向かい合わせに座っていました。そのことがただの偶然なのか、何かの徴なのかはわかりませんでした。

この人こそが、この先あなたが知ることになる話の主人公です。


ちょっと話が逸れてしまいましたね？

ドアの小さな穴から私が男の人たちを見つめているその部屋には、プラスチックの敷物があり、陽によく干して清潔な大きな枕がいくつかありました。そして布団代わりの分厚い毛布も二枚。私と兄さんは寝るときにそれを広げて敷いていました。あとは水差しと小さなガスコンロ、チャイグラスが三つとコーヒーを淹れるポット。それだけでした。壁にはフックが五本取り付けられています。服を掛けるための太くて長いフック。部屋は明るい緑色に塗られ、ペンキはひび割れていました。いつもお母さんにベッドに繋がれていた私の腕は、今度は部屋の窓枠に結びつけられました。窓にはひなぎくの花をかたどった鉄の取っ手がついています。兄さんは、私を繋いだり自由にしたりするお母さんの仕事を引き継いだけれど、自分の手に繋ぐことはしませんでした。背中に重い武器を担ぐようになり、私が部屋から出るのを許しませんでした。ドアのところまでだけ、私は部屋の中をぐるぐる歩き回っていました。

一時間ごとにウンム・サイードが来てくれました。アニメ映画に出てくるおばあさんみたいな、年を取った女の人で、トイレに連れていってほしいかどうか訊いてきます。でも本当に毎回、私が連れていってほしいと答えるので、ウンム・サイードは一時間ごとに来るのをやめて、二時間に一回にしました。私がトイレに行きたいと合図すると、ウンム・サイードは声をあげて、私をトイレに連れていくのを手伝ってくれる女の人たちを呼びます。玄関ホールを抜けてトイレに入ると、私は嬉しくなりました。そこでおしっこをすることもあったけれど、外から声をかけられるまでただトイレの窓から外を見ているだけのこともありました。最初の数日でウンム・サイードは私のそういう遊びを見破り、トイレに行きたくなったらドアをノックしてほしいと頼んできました。自分は持病もあるし、爆撃もやまないし、私の部屋とトイレの間をそんなふうに動き回ってばかりいるのは危険だからと。でも、私にしてみれば、それもおかしな話です。部屋の中にいようが、外に出ていようが、爆弾は私たちの頭上に落ちてくるのに。そんなことを言うウンム・サイードをいぶかしげに見返すと、彼女は笑ってこう言いました。

「ねえあんた《ヤー・ピンティー》、死んで皆の目に晒されたいの？　神がお隠しくださいますように（女性が見知らぬ男性の目に晒されたり、醜聞に巻き込まれたりしないよう願うときの決まり文句）。まあ落ち着きなさいよ」

それからはウンム・サイードは部屋に来ると、もっと長い時間を私と一緒に過ごすようになりました。ウンム・サイードはひとりぼっちでした。彼女の夫は拘束されている間に亡くなり、子どもたちは武装組織に入ったそうです。長男は、大統領の牢獄に入れられて死んだ父親の復讐を果たしたがっている、とウンム・サイードは言いました。ここの人は皆親切でした。兄さんも優しかったけれど、大統領のことは悪しざまに罵っていました。

私はとにかく帰りたかった。私のベッド、そしてお母さんのそばに。

兄さんは黙っていました。坊主頭の女の子がいた病院を出て以来、兄さんが笑ったところを見たことがありません。

私が十日間、たぶんそれ以上の日数を暮らしたあの新しい場所のことを説明してみようと思います。坊主頭の女の子がいた病院の次に、私が入った不思議な場所。その次に入った三つ目の不思議な場所が、今、私があなたに宛てて書き綴っている、この場所ということになります。

あのときはウンム・サイードが一緒だったので、爆弾や樽爆弾が落ちてきたらどう行動したらいいかを教わりました。私が来てから四日目に、一緒に過ごしていた家族が家を出たので、ウンム・サイードは私の面倒を見ながら私たちの部屋で過ごすようになりました。内庭に爆弾が落ちる前、最後の四日間は兄さんが戻ってきて私と一緒にいてくれました。その後、私はあの場所から出ていったんです。

――集中できない、ウンム・サイードが実際どんな顔だったのか、忘れてしまいました。お母さんには似ていません。ずいぶん年を取ったおばあさんで、口数は多くありませんでした。絶えず笑っていて、自分のことも、周りのことも、苦い笑いの種にしていました。女の人たちや子どもたちに、男の人たちには聞こえないように、消え入りそうなか細い声で歌を聞かせてくれました。冗談を言って女の人たちが大笑いすると、片目をつぶってみせました。

朝、ウンム・サイードは私の世話をしてくれます。水を満たした器を持ってきて、私に顔を洗わせ、そしてトイレに連れていきます。私に何度か着替えさせると、ウンム・サイードは私の服を洗濯しました。これには本当に腹が立ちました。いつもそんなことは自分でやってきたのに、兄さんが、私が自分の面倒も見られないとウンム・サイードに伝えたに違いありません。ウンム・サイードは、悲しそうに歌っていました。顔には皺がいっぱい刻まれています。彼女は眠っている間もヒジャーブを取らず、私にはこう言っていました。いつ死んでしまうかもわからないんだよ、見られて恥ずかしいところは守らないといけないから。彼女は「恥ずかしいところ」を「隠しどころ《スィトラ》」と呼んで、悲しげに私を見ながら「神がお隠しくださいますように」と繰り返していました。

ウンム・サイードが「神がお隠しくださいますように」と言うと、自分がガラスの花瓶になったところが思い浮かびました。コウノトリの脚のように細長い首があり、その細長い首のてっぺんには栓がしてあります。「隠しどころ《スィトラ》」を私はその栓みたいなものだと想像していました。この栓が、ウンム・サイードが窓から空を見たり編み物をしたりしながら、絶えず繰り返していた呪文です。彼女は赤い上着を編んでいました。あるご婦人が毛糸を買ってくれたから、息子に赤い上着を編んでやろうと思っているのと言っていました。封鎖下じゃこういうのがいいんだよ。そう言っていました。

ウンム・サイードは私に家族のことを訊きませんでした。私のことをけったいな生き物のように見ていたほかの家の女の人たちとは違いました。ほかの女の人たちはいろいろと私に尋ねてきて、私が相手を見つめるばかりで何も答えないでいると、口をつぐんで、退き下がりました。それからは、私が用を足しに内庭を通るたびに動きをいちいち見張られるようになりました。

私は胃に焼けるような痛みを感じ始め、多くはない食事も喉を通らなくなったので、ウンム・サイードは朝にはオリーブ油でのばしたザアタル（乾燥させた香草と塩、ゴマを混ぜ合わせた調味料）をホブズで巻いたものにトマトのみじん切りを添えて、晩にはトマトと玉ねぎのみじん切りを入れたオムレツを作ってくれました。

さて、ウンム・サイードといた頃、私がとてもやりがいを感じていたことの話に戻ります。ウンム・サイードの話を始めたときからこの話をしようと思っていたんですが、私は考えなしに、言葉が過剰になってしまうところがあるから……わかりましたよね、過剰という言葉が大好きなんです。

ウンム・サイードと過ごした日々について、これからお話しすることの中でも大事なのは、ウンム・サイードの周りにほかの家の子どもたちが集まっていたということです。子どもは七人くらいいて、ほかにも私のことを好奇の目で見ては私の歩き方を真似して馬鹿にしてくる子もいたけれど、私は気にしませんでした。七人の子どもたちは、話している内容から、一番上は十歳、一番下は六歳だとわかりました。お互いよく似ていました。この子たちは優しくて、ノートや色鉛筆を持ってきてくれました。ノートを三冊、色鉛筆を二箱、そして鉛筆を四本。

子どもたちは代わる代わるペンを持ってきて、私が描いてみせるんです。あなたが思いつきもしないようなものを、たくさん。たとえば、サン＝テグジュペリの物語に描かれているとおりに『星の王子さま』の絵を描いて、王子さまのスカーフを黄色に塗ってみせました。そうしたら子どもたちが大喜びしたので、家の大人たちも興味を引かれて、私の絵を見るとびっくりしていました。きっとお話ししそびれていたと思いますが、私はあの物語の中で王子さまが巻いているスカーフが、とてもいいなあと思うんです。スカーフがまっすぐ伸びて空中にはためいているところ、そして、王子さまの金髪と同じ色をしているところも。子どもたちは上手に絵に色をつけていました。子どもたちに王子さまの絵を描かせてみると、あまり上手じゃなかったけれど、そのあと、そこに私は球体の絵を足しました。王子さまが住んでいる小さな星です。一人の子どもが、こんなに小さな地球を見たのは初めてだと言ったので、私は紙きれにこう書きました。

「これは地球ではなくて、別の星」

するとその子はあははと笑い、嬉しそうに飛び跳ねて言いました。「この星のほうがずっといいね」

そうしている間にも、爆弾が次々と投下され、私たちは皆、絵も色鉛筆も放り出して互いに覆いかぶさってボールのように丸くなりました。初めて私たちがそうしたとき、ウンム・サイードは子どもたちを胸元に抱き寄せました。私は離れたところから、彼らから目をそらさずにいました。というのも、わかると思いますが、部屋の柱のそばに隠れてボールになったところで何の役にも立たないと気づいていたからです。次は、二日目のことで、私も彼らのように円陣を組むことにして、窓から離れ、部屋の柱のそばでボールの形になりました。それは楽しい遊びでした。爆撃の轟音と頭上を旋回している飛行機の騒音が聞こえなくなって、沈黙が訪れると、すぐに私たちは喜びの叫び声をあげました。私も子どもたちと一緒になって叫んでいました。そして自分の舌から何かが出ているのを知りました――ウンム・サイードは泣いていました。私たちを見つめ、声を漏らさず泣いていました。

あのときが、人生で一番幸せな数日間だったと言ったら、信じてくれますか？　突然、はっきりわかったんです。人生でひとつ、やりたいことがある、それは子どもたちに絵を教えることなのだと。その瞬間、自分は絵を描くのが得意だ、ということに気づきました。実物と同じように生き物を写生することができます。『星の王子さま』や『カリーラとディムナ』（八世紀にイブン・アルムカッファアがインドの寓話をもとに著したアラビア語散文の物語）の動物たちの絵なら特に上手に。四歳のとき、舌の筋肉を動かさないと決めたのは間違っていた、と私は改めて思いました。だって、もし舌の筋肉を動かすことができたら、この子たちにいろんなお話をしてあげられたのだから。もう遅すぎると思いますか？

日が昇るとすぐ、ノートとペンと色鉛筆を持ったちびっ子たちがドアをノックし始めます。お母さんたちは一所懸命自分の仕事を続けながら、私たちが何をしているか見張っています。なかでも私がとても気に入っていた男の子は、八歳のアーミルでした。痩せっぽちで、笑わないし、数分おきに床に横たわって死んだふりをするんです。アーミルは、絵を描く練習のために私が打っておいた点線を延々と繋いでいました。あの頃、アーミルが声を出すのを聞いたことはめったになかったけれど、彼は『不思議の国のアリス』の登場人物や『カリーラとディムナ』の動物たちは描き、『星の王子さま』の絵は描きたがりませんでした。ウンム・サイードの話では、アーミルにはお父さんもお母さんもいないので、父方の伯父さんが面倒を見てくれていたそうです。伯父さんは男の人たちとともに戦争に行ってしまい、アーミルは伯父さんの奥さんと、その子どもたちとあとに残されました。伯父さんの奥さんは、アーミルのお母さんは逮捕され、投獄されているのだと言いました。

行方不明になることと、死んでしまうこととの違いはいったい何だろう、と私はよく考えました。アーミルのお母さんは、アーミルのお父さんが自由シリア軍（シリアの反体制派の武装勢力が名乗る名称）に属しているせいで、大統領の牢獄に入れられています。でも、アーミルのお兄さんは、自由シリア軍の大隊に拘束されているんです。アーミルについて、アーミルの家族が行方不明になったことについて、そしていきなり名前が出てくるいろんな軍隊について、語られるこの「めちゃくちゃ」な状態を、私はどうにも理解できずにいました。

肝心なのは、五日間に爆撃が四回あったということです。四回目には、私たちの隣の家が爆撃されました。絵の授業は早々に切り上げ、アーミルを除いて子どもたちは全員パニックになりながら駆け出していきました。アーミルだけが私に近づいてきて、こう言ったんです。

「本当に、頭がおかしいの？」

私は大笑いしながら首を振りました。すると彼はこう答えました。

「俺はおかしくないって言ってる、頭がおかしい人がこんなふうに絵の描き方がわかるはずないもの」

あの夜、私たちの周りでは爆撃が続き、やがて遠ざかり始めました。私は柔らかな声で呟き始めました。——こんなこと、信じられないでしょう？　でも、私は『クルアーン』は読誦できるんです。『クルアーン』の章句はすっかり暗記しているので、最初から最後まで暗誦できます。うちの周りには金曜モスクがいくつもありました。兄さんによれば、どれもここ二十年の間に建てられたという話でした。私は、兄さんや街区の子どもたちと一緒に金曜モスクのひとつに隣接する付属の学院に通っていました。そこには子どもたちがたくさんいました。

そこに来る女の子たちはまだ幼かったんですが、私は頭を布で覆わなければ入ってはいけないと言われていました。兄さんは私を紐で繋いでいました。紐は長く延びていたので、兄さんは女の子の部屋の外でも余裕をもって座ることができました。男の子は私たちと同席できません。私が九歳になると、大人になったからと言われ、学院から受け入れを断られました。それがどういうことなのか私にはわからなかったけれど、次の年、太腿の間から血が流れ始めました。

学院にいたときに『クルアーン』の書き取りと読み方を教わりました。小さな学院で、私たちの指導は女の人がしていて、娘たちには——年頃になった女子学生たちのことです——別に部屋がありました。それでもお母さんは、私を一人で学院にやろうとはしませんでした。それは別に大したことではありませんでした。私は家で『クルアーン』の読誦と朗詠の仕方を身につけたからです。

学院で娘たちは『クルアーン』を朗詠しながら泣いていて、私も一緒になってわけもわからずに泣きました。正直に言うと、とても怖かったんです。特に、死んだあとにはどんな罰が待ち受けているのか、地獄だとか肉裂きだとか、その他のいろんなことまで知ってしまったときは。あなたも間違いなく知っていますよね？

夜中にすさまじい巨人の姿をした炎に食われる夢を見ては、あまりの恐ろしさに目を覚ましました。その晩はまったく眠れず、同じことがその後何日も続きました。お母さんは、私が描いた地獄の絵を全部焼いてしまいました。私は炎の色を赤と緑と青に塗っていました。絵をいくつかの階層に分け、それぞれの階層を違う色で塗りました。どの階層でも、人々の頭が燃えています。それぞれの階層に、私は地獄と業火について語る『クルアーン』の章句を書き入れました。お母さんはそれを全部焼いてしまったんです。私たちが渡るべき髪の毛の絵（地獄の業火の上に架けられている、滑りやすく髪の毛ほどに細い橋のこと。スィラートと呼ばれる）まで燃してしまった。私は地獄の絵を描いては隠したけれど、お母さんは難なく見つけてしまいました。お母さんは絵を焼くと、その後何時間も香を焚きました。お母さんは私の色鉛筆を折って、それから私の全部の指をマッチ棒で焼き付けました。お前のしたことは禁忌《ハラーム》で、過ちなんだよ、とお母さんに言われて、それで私は地獄の絵を描くのをやめてしまいました。

「ユースフ」章（『クルアーン』第十二章。ユースフは預言者ヨセフのアラビア語読み）が私の大のお気に入りでした。『クルアーン』のその章を朗詠していたら、地獄について語る章句のことは忘れてしまいました。一度、胸を触ることを許したあの若者に『クルアーン』を朗詠してみせたら、彼はとまどっていました。そんなことがあってから長い時が流れ、やがて私は『クルアーン』を誦み上げることも朗詠することも忘れてしまっていました。ザマルカーで、ウンム・サイードと周りの人たちが、私の朗詠に驚いたあの日までは。

いずれわかると思いますが、忘れてしまうことについて説明する時間の余裕はないんです。あとであなたはこの紙の束から好きなページを捨てることもできますから。私にとって大事なのは、ウンム・サイードのこと。彼女は私がどんなふうに『クルアーン』を朗詠するのかを知りたがったんです。それを説明するのは難しい話でした。私の舌の筋肉は動かないし、私もウンム・サイードと同じように自分を取り巻くものをほとんど理解していないからです。

いずれにせよ、この出来事は私たちにとっては不吉な前兆になりました。ウンム・サイードは、私が『クルアーン』を朗詠した日の翌朝、いなくなったんです。

お母さんは、私が『クルアーン』を朗詠し始めたらやめられないと知っていました。それで、何章かだけにしてほしいと言われることもあったんですが、私は言うことを聞きませんでした。お母さんは、突然私が朗詠を始めたのを聞くと泣き出して、この子を治してやってくださいと神に祈願しました。でも、お母さんはお隣さんたちに対して恥じ入ることはなかったんです。言い忘れていましたが、お隣さんたちは私たちの部屋の周りに群がって、私の朗詠に聴き入っていたんです。私が『クルアーン』を誦み上げ、朗詠するのを聞いた日から、お隣さんたちは私の声には石も涙すると言ってくれました。そう言って、お母さんに対しても以前よりよくしてくれるようになりました。

あの夜、子どもたちが逃げ出して、アーミルに頭がおかしいかどうか聞かれたあと、私は暗誦を始めました。女の人たちはささやき合いながら集まって、輪になっていました。夢中になってお喋りをしたり、毛糸を編んだりして、そのうちの一人で痩せた女の人は、豆の殻を剝いていました。そうやって皆、私と子どもたちの動きを見張っていたんです。

奇妙なことに、ここでは突然人々が現われました。あの家で私たちもそうだったように。不意に狭い場所に詰め込まれた集団が出現し、それから、また別の場所ではいなくなる。一人もいなくなります。この地下室で起きていることみたいに！

爆撃が始まると、ウンム・サイードはさっと立ち上がり、女の人たちがほかの部屋から駆け込んできました。私たちはぐるぐる巻きにされた大集団みたいに思えました。男の人も二人そこにいました。私は部屋のドアを開け、ウンム・サイードは裸足のまま座り込み、家の敷居に足を投げ出してその上に水で濡らしたタオルをかけていました。私は窓のそばに立って、繫がれた手を窓のほうに動かそうとしました。結び目が痛くて、そこから水が浸み出している気がしたからです。

現実には爆撃はやんでいなかったけれど、空は澄み透り、光が射していました。見えないけれど、きっと月の光です。月の初めだったから、月は満ちてはいなかったでしょう。遠くの火事が空を照らしていました。私たちは互いにもっと近づいて、それぞれの呼吸が聞こえるほど丸くなりました。

もう長い間、私は自分の顔を見ていません。どんなふうに見えるかもわかりません。家に鏡を置いてきてしまったから。

周りの子どもたちの顔を見て、身震いしました。私たちはあらゆる方向から埃に取り巻かれていて、水は少ししかありません。子どもたちの服は汚れています。私はノートの上に置かれた彼らの指を見つめました。白い紙の上に、灰色の線や染みみたいな指の跡がついています。子どもたちの指は痩せ細って紙にほとんど触れないくらいなのに、それでも彼らが描いた線は見事で流れるようでした。一本の線から次の線に移るまでじっくりと何分もかけて、『星の王子さま』の金色のスカーフに、先端が三角形になるように縁取りの線を入れています。『カリーラとディムナ』に出てくる象の尻尾は、半円の雫の形でできていました。

私は子どもたちに、『星の王子さま』の話と、『カリーラとディムナ』の説話の最初にある「ひばりと象」の話の両方に出てくる象を描いてもらうことにしました。これは大変でした。二つの話をそれぞれ異なる二つの絵で想像しないといけないんです。『星の王子さま』の象は、哲学者ビドパーイ（『カリーラとディムナ』の登場人物）の象ではないですから。アーミルが、賢い解決法を発見しました。彼は二つの重なり合った円を描いたんです。そして、これは学校で習ったんだ、学校は爆撃で壊されちゃったけど、その前にね、と言うと、ほかの子たちに象の描き方を教えました。それは本当に思いがけないことで、驚かされました。黒い瞳で、狭い額に眉をしかめているアーミルが、急に先生みたいに見えたんです。あの場所を出てから、アーミルに会いたいなと長いこと私は思っていました。

アーミルは、血と汚れにまみれて肩に武器を担ぎ、ときどき戻ってきてはまたいなくなる大人の男の人たちのようにふるまっていました。アーミルは、もう子どもじゃないんだから、自分もあの人たちと一緒に行くんだと私に言っていました。家族を殺され、自分だけが生き残ったから、家族のために復讐を遂げたいのだと。私はアーミルの話を聞いてから、ほかの子どもたちのところに戻るように身振りで伝えました。するとアーミルは舌を出してこう言いました。

「やっぱりあんたは頭がおかしいよ」

私は目を見開いてあかんべえをしながらアーミルを見ました。そして物語に出てくる悪い魔女たちがやっていたことを真似てみせたら、アーミルがぎょっとして跳び上がったんです。すごくおかしかった。それでもアーミルは、私が『クルアーン』を朗詠しているのを聞きつけるとすぐさま駆け寄ってきて、私の胸に飛び込まんばかりになりました。その後爆撃が激しくなると、女の人たちから『クルアーン』の章句を暗誦してほしいと頼まれるようになったけれど、私は引き受けず、代わりに子どもたちと一緒に円陣を組んで丸くなりました。私たちはそんなふうに丸くなろうという遊びを何度もやったんです。

あるとき、真夜中、窓を閉め切っていてひどい暑さでした。何日か前、目が覚めたら、私たちの周りにも天井にもヤモリがいっぱいいたので、ウンム・サイードが窓を閉め切ったんです。ヤモリというのは小さなトカゲで、お日さまに当たって赤くなった子どもの顔みたいな色をしています。小さいし、害を与えるものでもないのに、皆ヤモリを怖がっていました。私はヤモリを集めて窓から放り捨てました。
　ウンム・サイードは、ありがたい、いずれあんたは報われるよ、と言いつつ、私に顔までヒジャーブを巻いておくように告げました。あの日は暑さで叫び出したいくらいでしたが、ヒジャーブが額の上を締めつけていたせいで舌の筋肉を動かせませんでした。ずいぶん汗をかいて、自分の丈の長い服を脱ぎ捨てないといけなかったほどです。肝心なのは、目が覚めたら恐ろしいほど汗をかいていたということで、体がぐっしょり濡れていたので、私はとっさに、しまった、おねしょをしてしまったと思いました。ベッドから起き上がって窓を開け、私は暗誦を始めました……『クルアーン』の朗詠を始めました。

　ウンム・サイードから、『クルアーン』の章句を誦み上げるときは、音楽的な響きを最小限にすべきだとたしなめられました。「『クルアーン』に節をつけるなんて、そんなふうに誦み上げるのは禁忌《ハラーム》だよ！」と言うんです。私は聞き入れませんでした。このやり方以外に『クルアーン』の朗詠法を知りません。お母さんが家で私にその朗詠法を教えてくれたんです。お母さんはずっと私にそう朗詠して聴かせてくれました。そして「ユースフ」章と「マルヤム」章（『クルアーン』第十九章。マルヤムはイエスの母マリアのアラビア語読み）の朗詠カセットテープも持ってきてくれました。何年もの間、お母さんは、寝る前にこの章句を――「ユースフ」章のこと――「マルヤム」章と一緒に私に朗詠してくれました。「ユースフ」章はお母さんの大のお気に入りだったんです。特に、この二節を私はよく朗詠していました。

قَالُوا يَا أَبَانَا مَا لَكَ لَا تَأْمَنَّا عَلَىٰ يُوسُفَ وَإِنَّا لَهُ لَنَاصِحُونَ
أَرْسِلْهُ مَعَنَا غَدًا يَرْتَعْ وَيَلْعَبْ وَإِنَّا لَهُ لَحَافِظُونَ

そこで一同は、「ねえ、お父さん、どうして僕たちを信頼してユースフを任せて下さらないんですか。僕たち、これほどあの子のためを思ってるんじゃありませんか。明日は僕たちと一緒に出掛けさせて、思い切り楽しく遊べるようにしてやって下さい。僕たち、きっと、よく番してやりますから」と言う。

（『クルアーン』「ユースフ」章 11–12 節）

これが、お母さんが私に朗詠しては泣いていた部分です。書いておきますね。

発音記号（アラビア語の発音記号はふりがなに似た役割を果たす）は文字そのものよりも重要だと思うから、それもちゃんと書き入れておきます。もし音楽的な法則に基づいて見ることができなければ、この言葉の節回しがどういう意味なのか、理解できるはずがありません。ずっと疑問に思っているんですが、なぜ発音記号は文字そのものの一部にならないのかしら。なぜ、私たちは発音記号を文字とともに、しかるべき大きさで書かないのかしら。そうすれば、スアード女史の本の中で私を待ち受けている図版みたいに、アラビア語のあらゆる言葉は絵になるのに。あの本は安全な場所に隠してあります。誰ひとり、決して見つけられない場所、あの箱の底に、美術の歴史についての大判の四冊があるんです。

夢に初めてお母さんが出てきた話をします。お母さんは、ウンム・サイードがしたみたいに、私のおでこに手を当てていました。お母さんがおでこに手を当てているのに気づいて、私は目を覚ましました。つまり、自分が目を覚ます夢を見たんです。私は夢の中でも夢を見ていて、その夢で私は立ち止まることなく歩いていました……歩いていました……立ち止まることなく……すると、お母さんの声が聞こえたんです。目の前にお母さんの顔は見えなくて、髪だけが見えます。お母さんの指が私の頭の上にあるんですが、私の手足は思うように動かなくて、自分の指で触れません。私の手足は前へ前へと急ぎ、私の体はさらに前に進もうとします。

上を見なさい、というささやきが聞こえました。高みを見上げてみると、一片の雲が漂っているばかりです。私の枕ほどの大きさの雲がひとつ、私の歩みについてきます。雲を遠ざけようと頭を振ってみましたが、雲は私の頭の傾きに合わせて動き、こうささやきました。

　私はあなたとともにいて、あなたを守っているからね。

　私は雲の中にいたり下にいたりして、とにかく手を伸ばしてお母さんの指に触れなければならないのに、触れませんでした。夢の中でも、自分は夢を見ているんだとわかっていました。最初の夢の中では、自分がどこにいるかはっきりしませんでした。夢の中で見た二つ目の夢では、うちの街区の入口とよく似た道がありました。長く狭い小路で、周りに家はなく、巨大な樹々が枝を絡ませながら立ち並んでいて、その枝のせいで空が見えなかったほどです。小路の突き当たりには、ひとつ点があるだけでした。

　夢の中で、最初の夢から覚めたとき、何もかもがなくなって、あの雲だけが残っていました。私は舌を動かして、足が歩くのと、足に合わせて手が揺れるのを止めようとしたけれど、できませんでした。お母さんがささやきました。

「もっと上を見なさい」

　さらに上を見たとき、目が覚めました。あの夢を見て以来、雲がひとつ、私の頭上にあるんです。何度もそれを見ます。実際、私は手を伸ばして、頭の周りで雲を動かします。お母さんの指に触れ、お母さんの匂いを嗅ぐんです。

　窓の向こう、真昼の暑さの中で、暑い空気が動くのを私は見つめています。そこには土色の壁があり、家々はその壁で繋がっていました。樹々はなく、灼けつく太陽があるだけです。

　たぶん、これが砂漠です。これが本で読んだ砂漠というものに違いありません。たぶん、シリアは半分は砂漠なんです。シリアの国土のかなりの部分が砂漠であると読んだ覚えがありますが（正確には土漠）、確信はありません。グータは樹木が多いと読んだこともあるけれど、これは違っていました。ここで私は樹をたくさん見たことなんかありません。とすると、私たちがいるのはグータではないのかもしれません。けれど兄さんが、俺たちはグータにいると言ったということは、つまり、私たちはグータにいるということになります。兄さんはこれまで一度も嘘をついたことがないから。つまり、ここでの物語の舞台はグータということになります。

この物語をどう終わらせたものか私にはわかりません。あまりに早く過ぎてしまったからです。あなたに小さな話を語っているうちに、入り組んだ円をぐるぐる回っているような気がしてきます。それぞれの円に、私が新たな円を入れていくと、元の円を見失ってしまいます。あらゆる事象、あらゆる出来事、私の人生に起きていることのすべて、これまで起きたことのすべてが、ものすごい速さで過ぎていきました。この人生は、本来あるべき状態よりも速すぎるんだと思います。私にしてみれば、歩くのをやめられないと気づいたときからずっとそう。まるで昨日のことのようなのに、現実には何年も経過しているんです。何年も、何年も。人には、自分に起きていることを考える時間は与えられません。私も含めて、まるで、押し合いへし合いしながら駆けて生きる牛の群れみたいです。私と同じように、皆、何が起きているのか知らずにいるんです。大きさだけは牛くらいあるネズミみたいに！　そして私も皆と同じように、毎日、頭上に爆弾が落ちてくるのに対して身構えているんです。

あれは空から落ちてくるとき、実際の姿とは違って見えます。だから私が見た爆弾の残骸は、何にも似ていない、金属のかけらでしかありません。なのに、飛行機から落ちてくるときに獣に変わる。それを目の当たりにして、私にはわからなくなりました。

いったいどうして、一度にあんなものを作り上げ、まるで古い絵画のようなこんなにも小さくて狭い家並みの上に投下することができるの？

こんな話は、あなたは興味がないでしょうか？　じゃあ、あなたのために物語を整理しなくては。検問所とお母さんが倒れた話のときにそうしたように。坊主頭の女の子の話でもそうしたように。物語には始まりと終わりがあるはずだから。

私たちが円陣を組んで、ついにお互いの呼吸の音さえ聞こえるほど丸くなった……ここまではもう話しましたね。それでは、始まりに戻りましょう。

始まりは、七人の子どもたちが私の部屋に入ってきたときでした。この家にいる女の人の夫が、私に、子どもたちに『クルアーン』の暗誦と書き方を教えさせるようにと言ったんです。私のことを、口のきけない女、と言って。この言い草には腹が立ちました。私は、ドアの穴から覗いていて、彼がそう言うのを聞いていたんです。長い顎鬚を生やした戦闘員でした。彼がそういう命令を下したので、私は二日前から短い章句の書き方を子どもたちに教え始めました。子どもたちには、書いたものに色をつけて絵になるようにさせました。女の人たちから頼まれたとおり、『クルアーン』の章句を「ユースフ」章から始めたので、私はユースフの絵だけ子どもたちに描いてやりました。二日間、私たちは預言者ユースフの顔を描き、色をつけて、章句を書き、そのことは男の人たちには隠していました。兄さんはまだ戻ってきません。兄さんも戦っていて、大きな武器を担いでいました。年寄りの男の人が、兄さんは元気だと、自分たちが見張っているからお前も安心だと言い、兄さんは前線でも勇敢だと言いました。私は前線とはどんなものか想像してみました。この話はまたあとでするつもりです。大事なのは、すでに話し始めていて、あなたに最後まで話しておかなくてはいけない物語です。すでにあなたもご存じのとおり、私たちは、内庭に面したいくつもの部屋がある家にいました。内庭には、薔薇を植えた小さな花壇がいくつかありました。部屋の壁の周りに小石が並べられ、思いつくままセメントで繋いで、中に土を敷き詰めて、皆はそこにミントや玉ねぎなどを植えていました。土は赤い色をしていました。赤土は壁の暗い色にいきいきと映えていたけれど、栽培している野菜や薔薇は黄ばんだ色でした。女の人たちは内庭の真ん中にミントとパセリをいくらか植えていました。そこの薔薇が私はあまり好きじゃありませんでした。ひょろひょろと丈ばかり高くて、放置された樹々に似ていました。私がここで文字を飾っている薔薇とは全然似ていません。

家の中庭の真ん中には、大きな樹がありました。梅檀《せんだん》の樹で、下には何人かが座れる小さなテーブルがありました。でも内庭はあちこち物だらけで不便でした。ウンム・サイードが言うには、革命が始まって以来、ここに物が積み上げられるようになったそうです。革命が何か、知っていますか？　革命は、飛行機が樽爆弾を私たちに落とすようになった原因だと、そんなふうにアーミルは言っていました。

このことを伝えたあとには、私の部屋にいた子どもたちや、絶えず心配そうに私たちを見張り、手仕事やささやき合いを続けていた女の人たちのことを、あなたも想像できると思います。部屋には、私とウンム・サイードを含めて三家族と、いつも家の中で寝る男の人が一人いました。ほかの男の人たちは戦闘に出たり家の見張りをしたりしていました。

ウンム・サイードは、ここには妊婦が三人いると言いました。そのうちの一人が、叫び声をあげ、髪を両手で握りしめて、泣きながら部屋に入ってくると、ウンム・サイードに駆け寄って、長衣《アバーヤ》を摑みました。その女の人は、ラシャーという名前の自分の娘を指差しました。ラシャーは、いつも沈んだ顔をしているきれいな子で、私は『星の王子さま』の花の描き方をラシャーに教えていました。

ラシャーのお父さんは、何か月か前にラシャーに、頭をヒジャーブで覆うように命じていました。ラシャーのお母さんは自分のお腹を叩いて泣きながらウンム・サイードと小声で言葉を交わし、ラシャーを見つめ、目からさらに涙があふれました。すばやく頭を振って唇を嚙み、その合間にたった一言、言葉を発しました。「まだ子どもなのよ！」

ウンム・サイードがさらに近寄り、私たちには聞こえないほどの声で何かささやきかけると、お腹の大きなラシャーのお母さんは怒りの叫びをあげながら、すっくと立ち上がりました。そしてまた同じ言葉を叫んだんです。私たちには何が起きているのかわかりませんでした。お腹の大きなラシャーのお母さんは、息を切らしながら、ラシャーをお腹の上に抱き寄せると、女の人たちをじっと見据えながら、娘と逃げるつもりよ、あの人の望みどおりになんか絶対にさせない、と言いました。周りにいる女の人たちは、このあと何を言うつもりかと怯えた様子で見ていました。そして、男の人たちに聞こえないように小声でささやきながら、彼女を黙らせ、ラシャーを腕の中から引き離そうとしました。もし聞かれてしまったら、恐ろしいことが彼女にも周りの女の人たちにも降りかかるからです。少しして、女の人が一人、彼女に近づいて、ラシャーを腕から引き離して座らせました。その人が、もしこんなたわごとを口にしたのを聞かれたらあなたは夫に殺される、と言ったとき、お腹の大きな女の人は憤っていましたが、私の心臓は激しく鼓動を打って、その音まで聞こえるような気がしました。

突然、武器を両手の間で揺らしながら戦闘員が入ってきました。沈黙が場を満たしました。女の人たちは凍りついたように視線を落としました。戦闘員は、お腹の大きな女の人を怒鳴りつけ、ここから出るように命じました。それで、彼女は戦闘員のあとについていき、しばらくの間いなくなったかと思うと、やがて戻ってきました。押し黙っていて、何も言いません。その間もラシャーは私と遊び、『星の王子さま』の花の隣に預言者ユースフの顔を描き続けています。そして私が書いたあの章句の最初の二節をもう一度書きました。ラシャーの顔には不思議な美しさがあって、表現しがたい色をしていました。私は彼女の顔の絵に色をつけてみようとしたけれど、どうにも難しかったんです。ラシャーの顔を色つきで描こうとすると、いつの間にかラシャーのお母さんの顔を描きそうになったり、その逆になったりしました。ラシャーの顔の色を出すには、赤と白を混ぜないといけません。ラシャーのお母さんはというと、黒と青を混ぜた色です。ラシャーのお母さんが怒ると、さっと淡い赤い線がいくつも顔に走ります。ラシャーは今、起きていることに無関心でした。私と一緒にまた顔の絵を描いていて、ラシャーのお母さんは怒りもせず、涙も見せず、叫ぶこともなく、何かを呟き続けていました。恐怖に満ちた目で、さっきの戦闘員が入ってきたドアを見つめています。

アーミルが、あれはラシャーのお父さんだと教えてくれました。アーミルの話によると、ラシャーは街区一番の器量よしで、アーミルとはともに遊んだ仲だったそうです。彼女は戦闘員の一人と結婚することになっているんだ、とアーミルは言って、なんでラシャーのお母さんが怒るのか不思議で仕方ない、だってラシャーは大隊司令官の娘で、戦闘員の妻になるんだから、そのことでラシャーは守られるうえに自分を誇らしく思えるじゃないか、と付け加えました。そうして、アーミルは黙って私を見ました。何分もの間、私の目を見つめ続け、そして、言っていること、わかった？　と訊かれたので、私はうん、と頷きました。

アーミルはラシャーの指を見ていました。指が動くと、それにつれて白いページの上にいくつもの色が動いていきます。それから、アーミルの目から、ぼろぼろと涙がこぼれ落ち、彼は両手で自分の顔を隠しました。するとウンム・サイードがアーミルに向かって叫び声をあげ、こう言ったんです。あんたはもう大人なんだよ、ラシャーももう子どもじゃないの。だから、あんたとも、ほかの男の子たちとも、もう一緒に遊ぶのはおしまいなんだよ。アーミルは顔をそむけました。皆から離れて隅っこに座ると、私に向かって、そばに座って絵を教えてよ、と手招きしました。

息が詰まるほどの暑さでした。ラシャーのお母さんが叫ぶのをやめてから、不気味なほどの沈黙が訪れました。私はときどき自分のお母さんの指に触れ、微笑みながら、風が私の胸を吹き抜けるのを感じていました。私が頭を動かすと、お母さんも私と一緒に右や左に動くんです。前に言ったように、この私たちがいる家は、ザマルカーの町中ではなく、外れにあって、すぐ近くは空き地でした。このことを、私はその後竜巻のように慌ただしくこの場所から離れたときの道中で理解しました。ラシャーのお母さんの事件から三日後のことです。あのとき、私はそんなことは何も知らなかったので、そこで暮らしていくかのように部屋の整頓を始めていて、自分のために新しい箱を作ろうとしていました。

私が用意した箱は、アルミのドラム缶でできていました。ウンム・サイードが、穴が開いているから、水を溜めるのには使えないと言っていたので、私はそれを自分のそば、眠るときに敷く布団がある壁と頭の間に置いて、子どもたちの絵や色鉛筆をその中にしまって、大事にとっておくようにしました。そして、長さ一メートル、直径五十センチくらいのそのドラム缶を、床に敷いている私の布団の円筒枕のようにして、壁と私の枕の間にしっかり挟んで、上に服を被せておいたんです。

さて、体を寄せ合い丸くなりながら、お互いの呼吸の音をずっと聞いていたときのことに話を戻します。何分かすると、女の人たちは空を見上げながら動き出し、そのうちの一人が、飛行機は行ってしまったと言いました。すると、二人の男の人が私たちに向かって、元の場所に戻れと叫びましたが、誰も聞いていません。空がふたたび私の目の前に現われ始め、私はほうと息をつきました。まるで目の見えない人が何かを探しているときのように、私たちは目を空に向けていました。

数秒と経たないうちに、私が内庭と呼んでいた家の中庭は穴ぼこになっていました。私たちは宙に飛ばされたかと思うと、土と石ころと窓ガラスの小山に埋もれました。私は気を失いました。火や、粉塵や、飛び散ったものと一緒くたになった炎に吹き飛ばされたんです。私は両目を覆い、皆も同じようにしているのが見えました。わずかな間に、私も周りの皆も気を失いました。

目が覚めたとき、どのくらいの時間が過ぎたのかわかりませんでした。子どもたちと私は無事でした。私は、窓に繋がれた紐の長さ以上は動けませんでした。家の壁に面した塀は完全に倒壊したのに、窓は元の場所に残っていたんです。何が起きたのか、私たちにはわかりませんでした。その場には男の人も女の人もたくさんいましたが、私は中庭を見てみました。

そこには、死体の残骸が散らばっていました。ウンム・サイードの死体が見えました。足がなくなって、ぼさぼさの髪の毛が露わになっていました。短い、すっかり白くなった髪。そうしてウンム・サイードはいなくなり、私は深い眠りに落ちて、誰かの指が額に触れてようやく目を覚ましました。その指は、私はお母さんだと思ったんです。でも、目を開けて見えたのは私のそばに座っている兄さんでした。ライフル銃を抱えて、顎鬚が長く伸びていて、すっかりおじいさんになったように見えました。動き出す前に、私は片目だけ開けて見ました。部屋にはいろんなものが集められ、子どもたちはいなくなっていて、三人の男の人がそこの掃除を終えようとしていました。私がいたのは自分の部屋ではなく、私の箱、つまり、あのドラム缶もなくなっていました。そこは家の奥の部屋で、その部屋ともうひとつの部屋が無事だったので、子どもたちと生き残った一家族が集められていたんです。ウンム・サイードと二人の女の人が死にました。彼女たちと三人の子どもがいなくなりました。私と一緒にいた七人の子どもたちは生き残りましたが、アーミルは右足を失いました。兄さんが私に言いました。

「無事でよかった、神に感謝を」

私が目を開けたのに気づいたんです。私はお母さんが頭上からいなくなったのに気づきました。

さて、あなたにあの話をしようと思います。あの後、二日間眠り、三日目に歩き始め、どうにか体のバランスを取り、兄さんが持ってきた手首が痛くなる新しい紐を結んで、紐が届く範囲だけ動けるようになると、私たちはドゥーマーに移りました。

いいえ、私一人がドゥーマーに移ったんです。それが今からあなたに話すこと、いやな臭いのする泡の話です。


兄さんは私と一緒にそこ、爆撃で壊れずに済んだ部屋に残りました。そこは私と兄さんだけでした。小さな部屋だったんです。

あの怒っていたお腹の大きなお母さんは、二人の子どももろとも爆弾に吹き飛ばされていなくなり、娘のラシャーがお父さんとともに残されました。私たちがいる部屋は、無事ではあったものの、狭くて塵まみれだったので、掃除をしないといけませんでした。爆発のあと、家族の持ち物の上に塵埃が降り積もり、小さな丘のようになっていました。あの怒っていた女の人のハイヒールの靴が見つかりました。埃まみれで、ピンク色はくすんでいたけれど、上に薔薇の花の形にちりばめられているビーズの部分は光っていました。そういえば、こういう靴はドゥウェルア地区の店先に並んでいます。べったりと何かがついていました。血であることは確かでした。それでも塵埃の只中で、それはきらきら光っていました。兄さんはできる範囲で掃除を進め、いろんなものの塊を、中庭にできた穴の中に放り捨てました。部屋のドアは開いていたので、兄さんは私に新しい服を着せていました。服の色は真っ黒でした。丈の合わない服で、元の持ち主は知らなかったけれど、私よりも背が高いことは間違いないと思いました。そんなわけで、私は服の中で遊んでいるような感じ——お母さんが前にそんなふうに言っていたんです——になりました。その服はゆったりしていて体を涼しく保ってくれるので、それでちょっと嬉しくなりました。

穴とその周りには、金属の破片が積み上がっていました。おかしな光景でした。散らかったおもちゃみたいで！

兄さんが部屋に入ってくると、別の部屋から子どもたちが出てきました。ハサンが爆弾の残骸の写真を撮ったあと、子どもたちはそれを触っていました。もし外に出ていけたら私も触りたかったけれど、兄さんにあえて頼んだりはしませんでした。でも、子どもたちは太陽の下に出て、残骸で遊んでいました。

沈黙が重くのしかかり、私は怖くなりました。沈黙は痛みを伴うものをもたらします。私はそう思うんです。私は、なぜ飛行機が来るとウンム・サイードが怖がっていたかがわかりました。このことを怖がっていたんです。お母さんがいなくなってしまったように、ウンム・サイードもいなくなってしまいました。私は心の中で、これは神の望み給いしこと、と言いました。周りの人たちは皆、この言葉を繰り返していました。

男の子たちは爆弾の残骸の金属片で汽車を作りました。アーミルの姿は見当たりません。いくつかの部屋の間を、たった一人の女の人があちこち動き回っていました。沈んだ顔をしていました。その人は、中庭でほかの女の人たちと一緒にいたのに、怪我ひとつしなかったんです。こんな不思議なことがあるなんて！　その人は立って歩いて動き回っているのに、どこか眠っているようでした。兄さんが、二日以内にお前の面倒を見てくれる家族を見つけるつもりだと言いました。私を安全な場所に置くまでは前線には戻らないと。でも私は、兄さんの言っていることに集中できずにいました。夢を見ていたんです。私は完全に目覚めていたのに、目を瞑るたび、短い夢を見ました。私は土の下に横たわっているのだけれど、その空間には地表と私の間を隔てる薄い層があって、夢の中の私の首には草木の根が絡まっていました。兄さんが私のところに辿り着こうとしていました。

小さい頃の兄さんを知っていれば、私が言おうとしていることをわかってもらえるはずです。兄さんは明るくて、学校では努力家で、優しい人でした。あのいやな臭いの泡が降り注ぐ前の晩に、兄さんは私に言いました。俺の友だちは殺された、お母さんもそうだ、もう、この人生で、俺にはお前しか残っていない。グータは軍に封鎖されている。食べられるものは何もないんだ、と。

兄さんはこうも言いました。事態がこのまま続くと厳しいことになる。皆、飢え死にしてしまう。この最後の言葉は、私に向かって言ったことではありません。窓越しに兄さんが男の人たちと話し合っているのをすかさず聞き取ったんです。男の人たちは怒りと疑いのこもった口調で、もしかしてそのせいで食べ物が足りなくなったのか？　俺にはわからん！　と答えていました。

私たちは、一日一回になってしまったザアタルを巻いたホブズだけという食事の合間に、お腹がぐうぐう鳴るのを感じていました。

兄さんが言いました。封鎖は絶対に長続きしない。俺たちは助かる、そして家に帰るんだ。お前はそう信じなくては、と。私は頷いて、懇願するように兄さんを見ました。兄さんは私のそばに来ると、もう『クルアーン』を唱えるんじゃないぞ、と耳打ちしました。私は兄さんに、好きでこんなことをしているんじゃない、と言いたかったけれど、舌の筋肉を動かせませんでした。兄さんの存在を知ってから初めて、私は兄さんを、胸元に抱き寄せようとしました。どれだけ愛しているか、知ってもらいたかった。

でも兄さんは家を修繕している仲間を手伝うために、中庭に出ていってしまいました。

兄さんの姿をもう一度見る前に、私はうとうと眠りに落ちました。これからあなたに話すその後の数時間で、私は自分がなぜ土の下に横たわる夢を見たのかを知りました。そして、ここにいる人々が一年以上封鎖された状態にあるということも知りました。私たちの家から遠くないこの場所で。

私はお母さんと、飛行機の騒音と爆撃の轟音をよく聞いていたのに、それを雷鳴だとばかり思っていました。去年の夏、それが爆撃の音だと知ったんです。お母さんは戦争だと言い、兄さんは戦争なんかじゃないと言いました。どうしてお母さんと兄さんはずっと言い争っているのか、私はいつもわからずにいました。

今はわかります。ここでは人々が死んでいる、あそこでは人々が殺されている音が聞こえるのだ、と。

今までの人生で、私は魚に触ったことがありません。鱗がどんな触り心地なのかも知りません。それでも私は魚の種類をいろいろ知っているし、物語の主人公になった人魚も知っています。魚の形を詳しく説明している図鑑も知っています。でも、これは知っておいてもらう必要があるんですが、触り心地は知らないし、海の臭いに似ているとも、魚市場の臭いだとも言われる、その生臭さも知りません。私たちは一度も魚市場に行ったことがなくて、ダマスカスに魚市場があるのかどうかすら知らないけれど、私は色というものを知って以来、魚を描いてきたんです。なぜって、第一に、魚は輪郭を描くのが簡単だから。それに、ひとつひとつの鱗に色をつけていくことができるから。そして、一匹の魚を通して、完璧な色の世界を創り出せるからです。

色をつけた一匹の魚は、自然の色彩そのものです。その前の数日の間に、私は子どもたちに魚を描く簡単な方法を教えていました。『星の王子さま』の本に魚の絵がないのはすごく残念だったけれど、私は人魚姫の物語の絵を描いて、それを短いお話にしようと考えていました。爆弾が中庭に落ちる前の話です。兄さんが私を繋いでいた紐の結び目を解いている間、私は魚のことを考えていました。魚のことを思い出し、明日になったら、ここに残っている子どもたちに、つまり爆弾で死ななかった子どもたちに、人魚姫のお話を始めようと思いつきました。アーミルが戻ってくるまで待っていられません。彼はもう一方の足も切断されることになったという話でした。だから彼のことは待てないんです。

今まで言わなかったけれど、私は文章を書くのに難しさを感じています。絵を描くほうが性に合っています。決して大げさに言っているんじゃありません。私は長い物語を書いてきたし、物語の挿絵もいくつも描いたことがあるけれど、ここではそういうことはできないと思うんです。だから、あなたに宛ててすべての文字を絵のように描いてきました。ここであなたは、大きな森の一部であるこの庭園を楽しむことはできます。絵のように文字を描くのはやめたいんですが、まだそのときではない気がしています。それに、私は青いペンしか持っていません。森全体を青だけで描くなんて、ずいぶん馬鹿げた話です。私が直面している大きな困難はまだあって、私は青いペン一本しか持っていないんです。必要なだけ影を入れながら真っ白な空間を埋めていくには、インクの量も足りません。ここでどうやって色を混ぜたらいいかもわかりません！　土の色のせいで、何もかもおかしな色になってしまうんです、たぶん名前のない、別の色に。私はその色が何という名前か知りませんでした。今まで、そんな色を見たこともありません。まるで物のかたまりを区切る境界線が消えてしまったみたいに、すべてをかき集めておかしな絵に変えてしまうような色。私にはわかりやすく説明することができません。

でも私は、自分が大きな絵の中にいて、その絵の上にうちの街区の小路を流れる下水があふれてきたような感じだと思っています。どういうものかは想像できると思うけれど、愉快なものじゃないので、爆弾があとに残した色がどんな名前かを考えるのはやめにしました。

私はうつらうつらしていました。眠っては目を覚まし、また眠っては目を覚ます。部屋のドアは開いたままで、爆弾の残骸はまだ内庭にありました。うまく伝えきれないけれど、私の頭の中で増殖していく魚の群れは、飛行機に似ているんです。魚たちは私の頭の上に積み上がっていくので、私は鱗に触ってみようとしたんですが、触れませんでした。そして家々の上空では、魚のお腹から小さな魚たちが飛び出して、炎に変わっていきました。

私は目を瞑り、それから目を開けました。そらで思い出せるほどよく覚えている『星の王子さま』の絵では足りません。私は、自分で考えているあのお話を描いていくことにします。私が見た夢の絵を描いていくつもりです。でも今は、私の物語のひとつをあなたに語り終えようと思います。どこから始めたらいいか、わからないけれど。

あの家には蚊がたくさんいました。私は目の周りも刺されたし、耳元も刺されました。私の首と枕の間を飛んでいるせいで、シッシッと追い払うこともできません。私たちはまだ爆撃された家にいて、家のドアは開け放たれていました。四つあるドアのうち二つが開いていたと思いますが、そのひとつが私たちの部屋のドアでした。私は走りたかったし、とにかく動きたかったけれど、からからに干からびて横たわっていました。

遠くで爆発の轟音が響いていました。

自分の周りにあるものを見ようとしたとき、私は怖くなりました。特に日中、ほかの人がいるときに、いろんなものがはっきり見えることはめったにありません。そのとき、高みに星が、見えたんです。空高く輝き、青とオレンジ色の間のような色に見えました。

私は兄さんに、あれ、と指差しました。兄さんは、飛行機の騒音と、星が見える方角で起きた爆発の轟音に慄いて起き上がると、怯えた目で私を見ました。私は兄さんのそばに立ち、兄さんの両手を摑んであの星を指しました。でもそのとき新たに爆発の音が轟いて、私たちは床に投げ出されました。

これからあなたに話そうとしていることは、あのとき、私が立ち上がり、心臓が早鐘を打つ中、あの星を指差したとき、あれが、兄さんの顔をちゃんと見て、その目の輝きを見た最後だったということです。猫の目の色とハサンの目の色は別として、私が人間の目の色を思い出そうとすることはほとんどありません。人間の目がどんなふうになっているのかも知りません。スアード女史のことも間近で見つめたことはなくて、お母さんですら目を覗き込むことはめったになかったんです。話しかけてくる声や私を取り囲む人たちからは離れたところを見るようにしていました。でも、あのときは、私は兄さんに近づいて、兄さんの胸に飛び込み、あの星を指差していました。爆撃で燃え上がる空の光の下に、兄さんの顔が見えました。兄さんの目が見えました。私の目を見つめています。私たちがそんなふうに見つめ合うのは初めてでした。その状況をうまく説明するのは難しいけれど、私は自分以外の人の目がどんなふうになっているかを発見し、そして、恐怖とはどんなものかを知ったんです。

兄さんは私にささやきました。

「この光は、おかしい。この爆発は、おかしい」

そして自分の手首に繋いだ私の手首を摑みました。震えていました。兄さんは、布団の上の私の隣で、内庭に集められた土の山のほうを向いて腰を下ろし、両腕で私を抱きかかえました。そして私の頭にキスすると、私たちは眠りに落ちました。どのくらいの時間、私たちが眠っていたかはわからないけれど、そんなふうに二人で座って、たぶん数分間……たぶん数時間……すると、兄さんが跳ねるように立ち上がり、私は兄さんの後ろにひっくり返りました。私たちは二つの黒い円みたいでした。それから私たちは二本の破線のように動きを止め、爆撃の轟音が聞こえました。手首を繋がれているせいで、私は起き上がれず、兄さんは立ち尽くしたまま、怒りを込めた目で窓を見ていました。私も一緒に空を見上げました。私たちは震えもせず、一言も声を発しませんでした。爆撃は続いています。ほかの家族は互いに重なり合っていて、泣き声が聞こえました。私は「ユースフ」章を誦み上げました。私の声だけが響きました。誰も私を止めませんでした。私が朗詠すると、皆は静かになりました。飛行機の轟音が聞こえると、私は自分の声が恋しくなります。私がどうやって言葉や章句を声に出すんだろうなんて思わないでくださいね。いったん始まったら、最後まで止まらないんです。兄さんはそのことを知っているのに、「黙れ！」と怒鳴りつけました。私は黙りませんでした。それでもう一度、兄さんは怒鳴りました。「黙れ！」私は黙らず、兄さんに近づくと、手で兄さんの口を塞ぎました。そうして私は朗詠をやめず、兄さんは怒鳴るのをやめず、やがて飛行機の音が近づいてきました。

空が燃えていました。奇妙な音が聞こえました。ウンム・サイードと二人の女の人と子どもたちがいなくなった、あの音に似ている。地面が揺れたかと思うと、私は床に倒れ、兄さんも倒れました。そして私は朗詠をやめました。

なぜこのときのことを詳しく説明しているか、わかりますか？

私はただひたすら兄さんのことを思い出そうとしているんです。

私は、まだ生きていられると思っています。きっと私は生き延び、長い時間が過ぎていき、この細かな部分も、おそらく他のものと同じように消え去ってしまいます。なぜなら、私の精神の中に、たぶん私の皮膚の下にも、私の胸の中にも、長く黒い小路のようなものがあるに違いないから。人間はどうやって、こうした精神や皮膚や心などの意味を区別できるのかしら？　精神と心と血、それらすべてが、私が周りのものから感じ取る意味を形成しているのに。

話を戻して、私の記憶が失われつつある暗い地下について話したいと思います。ここは『不思議の国のアリス』の地下の穴とは似ても似つかない場所です。ここで私は、絵を描き込んだたくさんの紙を保管しています。今、地下室の中で、私は文字を描きながら、あなたにあの泡の話を書こうとしています。楽観的になって、あなたならこの文字と絵の謎を解けるはずだと信じることにします。重要なのは、あのとき、私たちの頭上の空が炎の色に彩られていく間、近くで飛行機の音が聞こえたということです。その場に悲鳴が響き渡り、全員が外に走り出しました。空はオレンジ色と赤と黄色に変わり、私は兄さんと一緒に駆け出しました。互いに結びつけられているので、私たちは離れられません。立ち止まることなく走り続けました。どのくらい走ったかはわかりません、十五分か、たぶんもっと長く……もっと短い時間かもしれません……わからない。私たちは皆飛び出し、必死に走っていくと、やがて男の人たちが現われて、私たちに向かって「戻れ！」と怒鳴りました。……

私は、爆撃を受けて燃えている場所を眺めていました。町とは反対方向でした。あれはザマルカーだったはずです。あるいは、私たちは町から離れたところにいたのかもしれません。気が触れたように叫びながら走り回っている男の人がいました。「女たちを戻らせろ！」私は兄さんに繋がれたままでした。

男の人たちは怪我人の応急手当の準備をしていました。走っている間、兄さんはときどき私のほうを見ました。私はぶかぶかの服を着て、夏の黒いコートで頭も体も完全に覆い、ウンム・サイードの赤いプラスチックのサンダルを履いていました。

キナの樹々が立っていました。もちろん私の好きな樹です。男の人たちは手に懐中電灯を持ち、大きなキナの樹に隠れている数階建ての建物を見ていました。

こういう樹々が私の夢にはいつも出てきて、私の周りで踊っていました。あれは間違いなくキナの樹でした。同じ樹が、お母さんが働いていた小学校の通りにもあったんです。それを思うと、突然あふれんばかりの幸福感に包まれました。空は緑の葉を照らしています。私は笑い出しました。消え入りそうな声の笑いでしたが、葉っぱの色があまりにも美しくて、建物の三階まで届くこのキナの樹の枝にあるすべての葉っぱを描いてみたいという強い思いに衝かれ、そのことを考えたせいでした。

男の人たちは別の通りに向かい、私は兄さんとハサンとその場に残りました。その間ずっとハサンと兄さんはひそひそ話をしていて、仲が良さそうに見えました。二人の後ろを息切れしながら駆けていた私を、背中にライフルを担いだハサンが見ていました。ハサンは兄さんと同じ戦闘員で、やはり顎鬚がありました。兄さんよりも年下で、顎鬚は伸ばしっぱなしになっていました。私たちはひと繋ぎになりました。二人は建物の階段を昇り始め、ハサンの手にはカメラが見えました。私は頭痛がし始め、あらゆる方角から届く叫び声を聞き分けられずにいたんですが、その瞬間、爆撃が始まりました。建物の上の階に人々がいました。

そこで私はハサンを知ったんです。彼の話はいずれするつもりですが、そのときまで私は彼の名前も知りませんでした。それまでは、ただ見ていただけ。ドアの穴から目をすがめて、彼を見ていました。

私たちは四階建ての建物を昇りました。塗装されていないセメントの階段があり、ドアはすべて閉まっていました。兄さんとハサンはドアと錠を壊していき、中にいた人たちが全員眠っているのを——死んでいたのを——見つけました。私は二人の後ろを夢遊病者のように進んでいて、私たちが入った四つの家の様子を詳しく覚えておくことさえできませんでした。そこでは、家族全員が死んでいました。まるで眠っているかのように布団の中にいて、それぞれ死んでいるとは言いきれなかったので、兄さんとハサンは力まかせに彼らを揺すぶりました。三人の子どもと、男の人、女の人という一家。また別の一家は、五人の子どもと女の人でした。

空気が重たかった。キナの樹の葉っぱも光も見えなくなりました。眠っている彼らの顔の上に、光の点々が当たっています。最上階では、階段の上に女の人が一人いました。ハサンがその人の写真を撮りました。私の頭は、内側から衝撃を受けていました。女の人は家の敷居の前の階段の上で、子どもを抱いていました。階段を落ちてその数段の上に倒れ込んでいたというのに、その人は息子の頭を胸元に寄せ、しっかり抱え込んでいました。頭を空に向かってもたげ、口は開いたまま、青い顔をしていました。私は震えていました。兄さんは私の腕を摑むとハサンを見て、それからこう言いました。

「妹と一緒に行ってくれ……妹をどこか遠い場所に連れていってくれ」

ハサンは怒って、納得がいかないという表情で兄さんを見ましたが、兄さんはこう答えました。「俺の言うとおりにしてくれ」

それから兄さんは階段を降り始め、私は引っぱられないようにあとについていきました。どのドアも開けっ放しでした。全部、二人が壊したんです。私はドアについての話を絵に描いたらどうなるだろうと考えていて、これらのドアがどんなだったかはあまり注意して見ていなかったので、詳しくは説明できません。ドアを開け放ったまま、私たちは階段を駆け下りていきました。私はドアを閉めていこうとしましたが、男の人たちがたくさんいて、階段を昇っては、死体を下ろしていました。自分がどうしてドアを閉めようと思ったのかはわからないけれど、兄さんにそんなことはやめろと怒鳴られました。それでも私はドアをまた閉めようとし、でも、頭が爆発しそうに痛くて、窒息しそうで、それ以上余裕がなくて。もう何も見ず、無心に走り、私たちはキナの樹々をあとにして通りに出ました。

曲がり角に着くとひどい眩暈がして、私は目を大きく見開きました。錐のようなものに突き刺され、引っかかれているような気がしました。兄さんが自分の手首から紐をほどき、ハサンの手首に結ぶと、ハサンは怒って言いました。

「一緒にいさせてくれよ」

兄さんはハサンに近づいて言いました。「妹を安全な場所に置いてきてくれ、そして俺たちのところに戻ってくるんだ。アルビーンに行け、わかったな？」

一瞬、二人は見つめ合い、それから抱き合いました。兄さんは私のほうに来て、私を胸元に引き寄せ、痛いほど強く抱きしめましたが、私は何もしませんでした。両手をだらんと垂らしたまま、頭をおかしなふうに動かし、目を大きく見開きながらも、私は兄さんを見ていませんでした。兄さんは私を抱きしめ、私の匂いを嗅ぐと、走り去っていきました。


何もかも、たった数分間の出来事でした。


そんな感じでした。というのも、私はもうよく思い出せないんです。あのとき、いやな臭いが立ちこめていたせいで。私は、飛行機と八月の空が、あの臭いを降り注いだのだと悟りました。

ハサンが走り出し、私は彼についていきました。ハサンは振り返らず、私も兄さんの姿が見えなくなった先を振り返りはしませんでした。ハサンを追いかけて走りながら、叫びもせず、兄さんが頼みを聞いてくれないときにしていたように、地団太を踏むこともしないで。後ろを走っていると、ハサンの泣き声が聞こえてきました。いやな臭いはますます強くなり、爆撃はやむことなく続いています。両手を天に向けて差し伸べたまま、駆け抜けていく男の人たちがいました。その人たちは叫んでいました。

「告白します。アッラーのほかに神なし。告白します。ムハンマドは神の使徒なり」(イスラーム教徒の信仰告白の言葉)

彼らは飛び出るほどに目をむいていました。暗闇の中に見えたんです。空は燃えていました。私たちの周りの地面が回りました。あの瞬間の生を、私は正確に表現できません。私たちは生きていたのか、死んでいたのか。あらゆるものが動き回る絵に変わりました。私はまたしても、自分は「不思議の国のアリス」なんだと考えました。にやにや笑いのチェシャ猫がきっと今現われる、猫はたぶんキナの樹のところにいるんだと。兄さんやお母さんが、私を知らない人と二人きりにしたのはあれが初めてでした。ハサンの後ろで息を切らしながら、私は手首の紐を解こうとしました。紐に噛みつき、自分の肉にまで噛みつきました。噛みつき続けていると、ついに血のしょっぱい味がしてきましたが、噛んでも噛んでも紐は解けません。ハサンは道を曲がり、後ろも見ずに、肩に武器を背負ったまま泣きながら走り続けました。右の肩だったのを覚えています。私はハサンに強く引っぱられながら後ろを走っていました。もはや見ることもできず、息もできなくて、それからサンダルの片方を失くしてしまいましたが、立ち止まりはしませんでした。片足が裸足のまま、声もあげませんでした。救急車の音が聞こえ、その後、地べたに転げて倒れ込むと、火の塊が見えました。その塊がどこにあったかはわかりません。飛行機の音が聞こえ、夜明けだと思いました。異様な臭いがしました。刺すような臭いではなく、転んで顔から突っ込んだ地面の土の匂いでもありません。それから口の中に土の粒が入ってきました。私が倒れ込むと、前にいたハサンが私を引っぱりました。口の中にまだ土が入ってきます。私の体は土にまみれ、起き上がってハサンについていくことができませんでした。目を閉じ、こう思いました。
私はこれから目を覚ます、これは悪い夢なんだろう。目を覚ましたら、私はうちのベッドにいて、そばにお母さんと兄さんがいる。

口を閉じられない。顔が麻痺しているのに気づきました。口の中は土でいっぱいで、もう呼吸ができません。鼻から入ってくる空気は、いやな臭いがしました。眠気に襲われ、唾を吐きたくなりました。目を瞑り、眠ろうと思いました。眠りに落ちる前に、ハサンが駆け寄ってきて、私の上に身を屈め、私の口から土を掻き出しているのが見えました。けれども、私は眠っていました。ハサンの顔が近づいてくるのが見えました。それからハサンは私を抱き上げて、口の中から土を出してしまうと、駆け出しました。私は眠っていました。

いやな臭いがしていました。その臭いの中に兄さんは姿を消しました。

あなたに宛ててこれらの言葉を綴っている間、私は一番いい状態にある気がします。これまでの人生で私が生きてきた状態ではなく、ハサンが戻ってくるのを待ちながら、あの夜に起きたことや今起きていることから遠ざかっている状態です。

六日経っても、彼はまだ来ません。封鎖が始まって以来、ここには水がありません。電気もありません。この三日間、私は顔を洗っていません。私はただあなたに宛てて書いています。私がしているのは、あなたに宛てて書き綴ることだけ。光がなくなる夜だけは書く手を止めます。幸い、夏の昼は長いんです。ご存じのように、私は文字を絵として描いているので、書くのに長い時間がかかります。

自分の肌に赤いぶつぶつがあるのに気づきました。ひどく汗をかいていました。地下室に梱包された紙が積み上げられているせいです。開け放たれた窓からは、埃や爆弾の破片が舞い込んできます。でも、私は自分が一番いい状態にある気がしています。この地下室で、私は変わったものをいくつも持っているので、それを使うと、手が届かないほど高い窓の鉄柵に手首が繋がれていてもうまく動けるんです。

ハサンは結び目を締めたとき、紐を私がトイレに行けるくらいの長さに伸ばしてくれました。それでも、この二日間、私はトイレに行っていません。水分が全然なくて、太腿の間も、みぞおちのところも妙に痒くて、赤いぶつぶつを昼も夜も掻いています。どうしたらいいかわかりません。

この地下室にどんな道具があるかも教えたいんですが、まずは物語の続きを全部伝えていくつもりです。あなたのためにそれを絵で描きたいけれど、それはできません。喉が渇いています。

ハサンが私を担いで走っている間、私は眠ってしまったというところまで話しましたね。夢の中で、私は、自分はアリスに違いないと思ったんです。自分が眠っていた間のことは覚えていますが、今ではそれをただ素描するだけです。頭をだらんと垂らした状態で、私は周りの砂埃と後ろに続く道の形を見つめています。世界中が砂埃になってしまいました。ハサンは私をジャガイモの袋と同じやり方で運んでいました。私の頭を自分の背中の下のほうに垂らしたので、私はぼろきれみたいに揺れて途中で吐いてしまいました。本当に吐いたわけではないけれど、何かが私の口からこぼれ落ちていました。あらゆる方向から音が聞こえました。あれはほんの数秒のことでした。ハサンは、小型トラックに乗って、病院に向かっているると私に言いました。その病院がどこにあるかは知らなかったけれど、そこで私は目を覚ましました。と、あとになってハサンから聞かされました。ハサンは奇妙な目つきで私を見て、私のことをずっと見つめ続けていました。とてもすてきで、私は嬉しかったんです。

そう、まだあなたにハサンがどんな人かを説明していませんでしたね。私は今もハサンを待ち続けています。彼は兄さんよりもハンサムです。舌の筋肉を動かせないので、私は自分が何歳かをなかなか伝えられませんでした。彼はそれを誇りに思っているらしくて、顔のラインは丸みを帯びて、鬚は頬が隠れるほど伸びていました。彼はそれを誇りに思っているらしくて、しょっちゅう指で鬚をいじっていました。ハサンが武器を持っているところは、ちょっとおかしかったです。彼が背負うには武器は大きすぎるように見えました。でも、私は彼が発砲するところを何度か見たことがあります。ハサンは、勇敢な人です。

病院で、目を開けて最初に見たのが、彼の瞳でした。病院というのは、鳥かごに似ているあの場所のことです。私が知っているかぎりでは鳥かごにしか似ていません。私は自分が目覚めた場所を把握しようとして、そして、あの瞳を見たんです。ハサンが気が気でないといった様子で私を見つめながら、布で包まれた私の体に水をかけていました。ハサンが私の服の一部を脱がせると、それを見た男の人が怒鳴りつけるのが聞こえました。

「恥を知れ、何てことするんだ、女性の尊厳を守れ！」

ハサンは私を薄い布で包んでいました。私はびしょ濡れで、髪の毛も濡れそぼっていました。ハサンは私の頭に布をかけると、長い髪を自分の指の間に巻きつけました。すると男の人が近づいてきて言いました。

「女性の尊厳を大事にしろ」

ハサンは怒鳴り返しました。「俺の妹だ！」

それからハサンは私の隣に移動しました。そこには、服を脱がされた若者がいました。トランクスしか履いていません。ハンサムだったけれど、瞬きもせず目を見開いていました。私はまだ目が痛くて、胸にも刺すような痛みがありました。吐き気がしました。

部屋は広く、何人もの体が床に寝かされていました。叫んでいる人たちもいて、あらゆる場所で叫び声があがっていました。ヒジャーブで頭を覆い、服に身を包んだ女の人たちも。ハサンが、あんたのせいで彼女たちは死んだんだ、と男の人に向かって怒鳴っていました。どういうことかわからなかったけれど、あとで地下室に移ってからハサンが教えてくれました。飛行機が私たちの上に毒ガスを詰めた爆弾を投下したんです。この毒ガスは服に浸み込んでしまうので、死なせないためには被害に遭った人の服を脱がさなくてはいけません。でも、あの女の人たちは、救急措置を受けたとき、男の前で女が体を晒すのは禁忌だと男の人たちが言ったせいで、服を着たままにされたんです。ハサンはあとで憤りながらその話をしてくれました。

若者の体が私の隣にありました。私の周りのあちこちにたくさんの人々の体がありました。改めて私は夢を見ているんだと思い、いや、これは夢じゃない、悪夢だ、と自分に言い聞かせました。私の手は解放され、紐も結ばれていませんでした。紐は解かれていました。私は歩ける、立ち止まることなく駆けていけるんです。でも私は起き上がれませんでした。頭だけを起こしてみようとしました。

ハサンが若者たちの体に水をかけていました。彼らは震えていて、手足が変なふうに動いていました。そのとき、その場で私は水に濡れた床から頭を何センチかもたげて、自分のいる場所をよく見てみました。ハサンが振り返り、私の目を見つめます。わかってきました。私たちは、あの坊主頭の女の子がいた特別な病院とは違う、別の病院にいるんです。ここは普通の病院じゃない。皆、床の上におかしな形で寝かされています。ハサンがあとで語ってくれたところでは、男の人も女の人も走り回って必要な救急措置をしていたのだそうです。私の前には、何人もの子どもの体が横たえられていました。パジャマを着て、まだ幼く、目を瞑っていて、もし、その子たちの鼻から泡が、口からオレンジ色のよだれがこぼれていなかったら、そして青ずんだ体でなかったら、眠っているんだと思ったでしょう。でも私には、眠っているんじゃないとわかりました。私のお母さんやほかの人たちがいなくなってしまったように、この子たちもいなくなってしまうんだと。私の周りの色は暗くはありませんでした。死んでいるのに、光に照らされていたんです。

腸の中で何か妙なものが、私の内側から出たがっているようにうごめくのを感じました。息ができません。そのとき、力強い手に摑まれて腕に針が刺されるのを感じ、私は崩れ落ちました。

今だから打ち明けますが、あのときどうして自分が夢を見ていると思い込んだのかというと、実は、牢獄の病院にいたときも、アルビーンの病院にいたときも、ほかの人たちが私みたいだったからなんです。それで、皆も私と同じように生きているという夢を見ているんだと思ったんです。ふと満ち足りた気持ちになりました。これは悪夢のように思えるけれど、とにかくこの世界には私と同じような人たちがいるのだと。

心からほっとした気分になったのに、私は頭を床にぶつけました。それまではいつも怒りを感じたときにしてきたことでした。ほかの人がいろんなやり方で同じようにするのが見えました。足を左に右にばたばた動かして叫んでいる男の人がいて、周りにいる人は皆、その人に向かって大声で頼んでいました。「信仰告白《シャハーダ》をするんだ……信仰告白《シャハーダ》を……アッラーのほかに神なし」。その男の人は自分の足を叩いていました。私とよく似たやり方で頭と首を振っている幼い女の子もいて、彼らの動きは苦心してようやく見分けられる状態でした。

ちらりとハサンを見ました。私の隣に来て、ここから連れ出してほしかったんです。

これは、夢でも悪夢でもないかもしれない、と考えました。人生にはいろんなことが起きる。たぶんそれは誰にでも起きることで、私にも起きていることなんだと。そして改めて、私はほかの皆と違わないんだ、と考えました。すると、これまでにないほど嬉しい気持ちになってきました。でも、あとでハサンから、そういうことじゃないんだと言われました。

あのとき、私が頭をぶつけていると、ハサンが私のところに来て、私の頭を抱き寄せ、ささやきました。「死なないでくれよ……」。ひっそりと、その言葉をささやきました。

もし君の兄さんじゃないってことがばれていたら、君から引き離されていただろう。あとになって、地下室でハサンはそう言いました。女の人に近寄って触れることは、彼には禁忌《ハラーム》とされることだったんです。ハサンは私の頭を抱え、君は元気になるよ、だから今は眠らないと、と言ってくれました。俺はここに残って君の面倒を見る。でもハサンは出たり入ったりで、兄さんに指示されたように私の手を紐で繋ぐことはしませんでしたが、それでも私はまだ動けませんでした。

その後、ハサンは私の近くにやってきました。彼の目は、私がこれまでの人生で見た中で一番美しい目でした。ハサンは、物語の挿絵の王子さまのような大きな目で私を見つめていました。はちみつ色の瞳。ハサンは私の頭を自分のほうに傾けると、症状が軽く済んだ、と言いました。

今、私を見てはだめ！

あなたは私が書いているところを想像しているかもしれません。私がどんなふうに書いているだろうと思っています。そして私が書いているのは、物語なんだと想像しています。そういう考えは捨ててください。あなたの心を、あなたの目の前に置いて、スーパーボールみたいに投げてください！　そうすれば私の言っていることがわかるはず。私の足が、私の頭の言うことを聞いてくれたらいいのに、とどれだけ望んだでしょう。私の中に存在するずれについて、あなたに話しておかなくてはいけません。そのずれには、水の中に描いた絵のようなイメージがついて回るんですが、私は自分の周りの出来事をそういうふうに理解しているんです……水のような絵。根底にある水。私はそう思っています。私たちに見えるもの、私たちがそこに生きているものは、単に水の中に描いた絵なんだと。そうじゃないと、あなたは断言できますか？　ここ、あなたに宛てて書いている地下室の窓の下では、光が弱いので、私は窓のすぐ下に頭をつけています。ろうそくを使い切ってしまったから、夜に書くのはあきらめないといけなくなるでしょう。夜についての話もあとでするつもりです。印象派の、また印象派ではない生命が姿を消す夜についての。

今、私の正面には倒壊した大きな建物があります。半分はがれきの山になっています。二日前に飛行機に爆撃されて、この鉄柵のついた窓のガラスが吹き飛んで、風が通るようになりました。猫や犬がここに入ってくるのは怖くありません。野生動物がここで飛び跳ねるなんてことは絶対にないんです。鉄柵が取り付けられていますから！　私はあるひとつのことを考えるのが怖いんです。そのことは、あの病院の水浸しの部屋の様子を語り終えたら説明しますね。

今、私の前の、地下室の窓のところを自転車がスピードを上げて通り過ぎていきます。私はなかなか集中して物語を書き終えることができません。自転車に乗った若者が、体を傾けながらすばやく通過しました。兄さんと私も自転車に乗るとそうしていました。兄さんが私を後ろに乗せて漕いでくれたんです。前にも言ったように、兄さんは自転車を持っていて、それは私の前を通り過ぎたあの自転車よりもずっときれいな自転車でした。

大声をあげて、私はここにいるとあの若者に伝えようか、と考えましたが、そんなことをしたらハサンが怒るだろう、と思い直しました。ハサンから、自分が戻ってくるまでは声を立てず静かにしているようにと言われていたからです。たぶん、あの若者は明日また来るだろうから、そうしたら私はここにいると知らせることにします。この道を通る人間を見かけたのは初めてです。怖くなってきました。あの若者がまた来たら、大声をあげてみよう。でも、私の舌の筋肉は思うように動かない。どうやって叫んだらいいだろう。叫び声をあげるか、窓の鉄柵を叩けばいいかもしれない。すぐに私はそれをやってみました。

ハサンは、気をつけて静かにしているようにと言い残していったのに。ちょっと出かけて、君を迎えに戻ってくるから、と言ったのに。それがどうしてこんなに遅くなっているのか、私にはわかりません。

話を戻します。病院の床に寝かされて、ハサンが水で私の顔を拭っている間、私は目の前にある二つの色の塊について考えていました。頭の中で、いろんなことが入り混じり、床は水浸しで、まるで自分が一幅の絵の中にいるような気になりました。皆に水がかけられていました。床に投げ出された塊の間を、白衣を着た女の人たちが動き回っています。裸の男の人の群れがあり、その反対側には服を着込んだままの女の人の群れがありました。女の人たちは死んでいて、身じろぎもしません。床の上に投げ出されている男の人の体のいくつかは動いていました。奇妙な叫び、動く音、ぶつかる音。目の前を亡霊たちが漂い、視界には靄がかかっていました。

あのとき、これは、生から死に移るときに私たちが通らなければならない世界なんだと思ったんです。そんなふうに考えて、この光景がなぜ、雲の上とか深い谷間ではないように見えるんだろうと自分に問いかけていました。これが、私をお母さんのもとに連れていってくれる場所なら、こんなふうではないはずです。だってここには壁があるから。部屋や廊下の突き当たりにも――廊下みたいだと気づきました――ベッドがあって、その上には叫び声をあげている人間がいます。男の人か、女の人か、子どもかはわかりません。飛行機の音が響き渡ると、叫び声はそれと混じり合いました。

あとでハサンから聞いた話では、毒ガスを投下したあと、戦闘機は爆撃を再開し、ガスにやられた負傷者の搬送に来ていた救急車がやられ、毒ガス弾から逃れて上の階に昇ってきた人々も——ガスは下の階に溜まるので——爆撃で死んだそうです。いったいどうしてこんなことが起きたのか尋ねたかったんですが、舌の筋肉が動かなくて、私の目には靄がかかっていました。私は、兄さんが、いつかお母さんに向かって言ったことについて考えました。ある日、兄さんが服が破けた状態で帰ってきたとき、お母さんは、金輪際デモには行かないで、と叫び、もし捕まったらその場でムハーバラートに殺されてしまう、と言って泣きました。これはずいぶん前、たぶん、二年かそれ以上前のことで、あのころは家々が飛行機に爆撃されたり、毒ガスを投下されたりすることもありませんでした。どうして巨大な飛行機がやってきて、こんなにも小さくて、取るに足らない人々を殺していくのか、私にはわかりません。

人食いの大きな獣の話として書いて、絵にしてみよう、と思いついたとき、その物語は腑に落ちた気がしました。でも、飛行機が⁉　こんなことを飛行機がやってのけるなんて⁉

髪が私の喉首に巻きつき、ハサンは私に水をかけていました。いなくなったかと思えば、いくつもの体の間を動き回っていて、私には彼の影しか見えません。それから、私のところに戻ってくると、「さあ、君は大丈夫だよ」とささやきました。ハサンの目にあふれる涙が見えたかと思うと、もう彼は私を置いて、ほかの人たちの体に水をかけていました。

聞こえてくる声が何なのか、聞き定めようとしましたができません。叫び声、咆哮、高笑い、意味不明な言葉。喘ぎ声とたくさんの亡霊が私の聴覚を貫きましたが、それでも私には何が起きているのかわかりませんでした。水浸しの部屋があって、私たちはそこを漂う絵のようでした。そこで、子どもの、女の人の、男の人の魂が昇天していきます。子どもと女性が特に多いです。私は天へと昇る魂を見分けることができました。一瞬、人の魂は天に昇るときこんなふうに並ぶのか、と思いました。魂が天に昇っていくときはこうだろうとかつて思っていた光景と、この大きく大きくなっていく水の光景は、どこも似たところがありませんでした。私は気を失っては意識を取り戻して目を開け、するとまた新たな眩暈に襲われました。

ハサンが私を運び上げ、急いで病院から連れ出す前のことですが、しまいに、奇妙な声と咆哮が聞こえてきました。私は自分の指を確かめようとしました。自分の体には目と耳しかないような気がしたんです。中指を目に近づけてみると、ぼんやりとはしていたけれど、見えました。それから中指を口の中に入れて、噛んでみました。お母さんが、もしお前が夢の中にいて、自分は夢を見ているんだと思ったら、指を噛んでごらんと言って、私をよく笑わせていたからです。指を口の中に入れて、私は自分の歯で噛みました。指は確かに存在したし、噛んだ痛みは感じたけれど、歯の圧力を指にかけ続けてもごく軽い痛みがあるだけでした。でも、それは確かなことでした。姿を消して、両目からまず現われるあの不思議の国のチェシャ猫の現象のように、自分は目と耳だけで存在しているわけじゃないんだと。私は全部揃っている！
　床に横たえられた自分の残りの体を見るために頭をもたげようとしたけれど、水浸しの床から頭を全部離すことはできなくて、どうにか頭を上げて水を振り払うことだけはできました。皆が水をかけています……延々とそれをやっています。周りでは叫び声と咆哮が続いていて、顔の向きを変えて目を開けると女の人の姿が見えました。彼女の顔は私を見ていますが、両目は開きっぱなしで、口からオレンジ色のよだれが流れていました。誰かが怒鳴りました。「その人は死んでいる、そこから起こしてくれないか？」そして「アッラーのほかに神なし」の文言を口の中で繰り返し……誰もが口ごもりながらその一節を呟き、ずっとその文言が繰り返されていました。

　手に紙きれを持ち、何かを書き込みながら、女の人を動かしてくれと頼んでいた男の人に、誰も見向きもしませんでした。その男の人は、姿こそはっきりしなかったものの、いくつもの魂が昇天していくこの部屋にはそぐわない存在でした。いつか将来、この異様な場所について私が描こうと決めている印象派の絵からは除くつもりです。その人はビニールでできたものを着ていて、カメラを背中に担いでいました。例の女の人の顔に近づいて、写真を撮っています。私は、彼女の見開かれた目や開いたままの口を見ていました。彼女の歯まで見えました。彼女は私のすぐそばにいたんです。周りではいくつもの声があがり、投げ出された女の人たちの体があり、その女の人たちは死んでいて、服はきっちり着込んでいましたが、全員ずぶ濡れでした。

顔を反対側に向けると、また別の女の人の顔がありました。青い顔。ただ眠っているだけに見えます。私はここよ！　私は死んでない、と叫びたかった。叫ぼうとしたのに、舌の筋肉は相変わらず動きません。指を動かしたかったけれど、私の手の指の上に、誰かの指がありました。冷たい指。思い切って動く気にはなれませんでした。

私は死んでしまうかもしれない。私にはわからない。ハサンはいなくなってしまい、女の人たちの死体が私の周りに積み上げられています。私は目を瞑り、それから指を顔に近づけました。誰かが立ち上がりました、誰かが……私の髪を手で包んで、私の頭を前に引き寄せました。私は息を止めました。恐怖というのがどんなものか、知っていますか？　恐怖とは息ができなくなることです。簡単に言えば、そういうことです。誰かが私の頭にヒジャーブを掛けて、少し私の体を動かしました。それから隣のあの女の人を動かしたので、彼女の指が私のお腹の上に乗りました。私は息を止めました。これが死だと思ったんです。いまや、足を死のほうに踏み入れるには、息を止めるだけでいい、と。どれだけ時間が経ったんだろう？　わからない！　でも私はゆっくりとまた息をし始めましたが、目は開けませんでした。周りにいる女の人たちの目が怖かったんです。厳しい冷たさが私の体に忍び込み、その後、指先から私を捉えていきました。まるで、氷の彫像に変えられてしまうときのように。物語の中ではそういうことが起きるんです。雪の女王は人間を氷の像に変えてしまう。今、私は氷の像に変えられていくのです。もう体の芯まで変化が及んできました。また目を閉じました。私は何度も死んでいます。一分ごとに私は違ったやり方で死んでいき、それからまた生き返る。目を開ける力も失くしていました。体の力が抜け、眠気を感じます。

今、これが死なのだと思っていたあの数秒間のことを考えています。徐々にやってくる眠気、頭の中で、はるか遠いどこかから出てきて、静かに昇り、それから私を空虚な深淵に横たえる、深く甘やかな感覚のことを。底なしなのにその深淵は甘やかで、まるで高い山の頂からふわりと落ちていくような、重力が手のひらみたいな何かになったような感じでした。死の間際の瞬間については本で読んだことがありました。私がむさぼるように読んだ小説の中に出てきたんです——「むさぼる」という言葉が私は好きです。ただ「読む」と言うより「むさぼる」のほうがいい。ご存じのように、というか、言い忘れていたかもしれませんが、私はお母さんから、紙を齧りまくる「本のネズミ」だとよく言われていたんです。自分がネズミだったら、と私もよく想像することがありました。ネズミには詳しいんです。私たちの家の中庭にネズミが棲みついていて、私たちはたくさん、何匹も殺していました。

あるとき、お母さんは小さな山を——というか、積み上がったものを——外に出しました。お母さんが外に出したのは、私のベッドの下のずたずたに切り刻まれた紙の山で、お母さんは、神が試練として与えた、こんなまともじゃない娘のせいで苦しむ時間を呪う言葉を吐きました。私は紙のわずかな余白に絵を描いて、お母さんが部屋を広く使えるようにベッドの下に寄せておいた品々の間に貯め込んでいたんです。ネズミが齧った紙の山は、私が文章を書いて、挿絵を描き、色をつけた二十ページの物語でした。

私は何日も泣き暮らし、ベッドから動こうとしませんでした。本当は、ネズミが齧ってしまった紙を惜しんで泣いていたんじゃないんです。どうしたらもう一度、あの物語の絵を描けるか、話を書けるか、それがわからなくなってしまって、それを泣いていたんです。

私があなたに話したかったのは、死について、別れについてです。いやな臭いが鼻の中に残ったまま、やはり変な臭いを放ちながら積み上げられていた死んだ女の人の群れと一緒に水の中で泳ぎながら、まどろんでいたあのとき、私はそのことを理解しようとしていました。

ところが、あの眠気に襲われていた瞬間、誰かが私は死んでしまったものと思い込んで、顔と髪に布を掛けたあと、私のお腹の上に誰かの指が乗ったんです。さっきあなたに話した、あの死んだ女の人の指。

今、これまで読んできた死にまつわる本や死の光景というものを全部思い出しています。私が詳しく説明しようとしているあの瞬間は、私が本で読んだことのあるどの瞬間にも似ていません。そんなことを感じ取れるようになるなんて、想像したこともありませんでした。私の精神には空白が、お母さんの言葉を借りれば、神の計り知れない意思によって生まれた空白があると知っているから。

私には長年温めてきた計画があります。いつか長篇の大作の絵を描いて、その絵の小説を書くことです。今、私が色も絵もなく書いているのは残念だけれど、いつかこれらの言葉を絵にできる時が来るはずです。起きていることすべての内側には動きがある、と私は自分に語りかけます。起きていることを四角い枠の中に収めてしまう必要はない。私たちは、絵として現われるものに色をつけ、その絵を、一ページずつの大きなカンヴァスにすることができる。そうして鋭角の黒い文字は姿を消し、代わりに色がそこを占めていく……と、そんなことを考えていました。今、どうしてこんなことを思い出したのかしら。ハサンを待つことについて書きながら、四回死んで生き返った瞬間についてあなたに説明しているところなのに。水のせいかもしれません。そう、こんなことを思い出したのは、本当に、水のせいです。いくつもの死体が浮かんでいたあの水。実際に浮かんでいたわけではないけれど、私はそんな気がしたんです。彼らはさらに多くの人々の体に水をかけ続け、私は死にかけていて、甘やかなまどろみに落ちていました。何も考えていませんでした。それが、私があなたに伝えたかったことです。私は自分が死んでいくことをわかっていました。周りの誰もが死にかけていたんです。何人もの子どもたちが目を瞑って眠りかけているのが見えました。男の人が自分の息子に水をかけながら、「坊主、眠るな！」と大声で呼びかけていました。……目を閉じて眠っている男の子の姿が見えました。見ると、皆同じことをしていました。水の中で揺れている、眠りの中にいるひとかたまりの人たちを目覚めさせようとしていました。水彩画みたいな、奇妙なかたまり。男の人、女の人、子どもたちの体でした。少し離れたところに、また別の人々のかたまりがあって、頭や手や腕を上下に振りながら叫んでいました。この人たちは私からは見えなくて、声しか聞こえませんでした。あのとき、私には何ひとつ見えなかった。見えたのはただ天井ばかりでした。しばらく、たぶん、何分かの間、私はそこで甘やかな眠りに落ちていました。眠りの中で私が味わった、静寂だけの時間。自分が死んでいくのだと知っていて、怒りも恐れもなく、満ち足りた気持ちでした。私の上にある天井が、空でした。天井に据え付けられた白い扇風機は動いていません。たぶん、電気が止まっているんでしょう。天井には剝げかけたペンキ、目の中がこんなに暗いのに、それが見えました。でもそれは雲に変わりました。何も考えませんでした。死ぬ前、彼岸へと移る間際の時間について、私が本で読んできたことは何ひとつ真実ではなかったんです。なぜかと言えば、私は降伏する心地よさを感じていたからです。周りで何が起きているか、なぜ自分がここにいるのかということさえ、考えなかった！　いつも思いついては堂々巡りになってしまう疑問さえ消えていました。こういう疑問さえ。

「世界はいつもこんなだったの？　本当にそうだったの？」

部屋の中に繋がれていたせいで、私は知らなかったんです。

本当は、ダマスカス中心部も、うちの街区も、私たちの家も、あれは別の世界じゃないの？　あの世界はまだあるの？　とっくになくなって、物語と絵でできた世界になってしまったんじゃないの？　ここではこんなことが起きているのに、あそこで皆どうやって普通に暮らしているの？

今、私は自分にこう問いかけているけれど、あのときは、ただ暗闇に落ちていくばかりでした。闇はべったりくっついて、水をかけても和らぐ気配はありません。私の瞼がふさいでいる黒い通路も狭くてべったりとして、ところどころ青い点々が混じっている……私の目を食べているんだと思っていた、あのぶつぶつ――ありのままに、私はこの話を思い出そうとしています――ねばつきと闇をまとって、私はあの自分の死の中へと入り込んだんです。

目が覚めました。ハサンが私の顔をひっぱたいて、前にあの男の人たちが叫んでいたのと同じように叫んでいました。それで私は、自分が死にかけているに違いないと思ったんです。

「起きてくれ……眠るんじゃない……」

……私の手を包むハサンの手を、指を感じました。想像してみてください。彼の指が、私の顔の上に置かれているのを、それから彼の指が、私の指を握ってさすってくれているのを感じたんです。周りの男の人たちに、女性の尊厳を尊重しろ、離れるんだ、と怒鳴られながら。遠くで声がしました。

「誰がいるかわかるだろう、ここにいるのは女たちだ、女たちを見るな！」

ハサンは彼らに怒鳴り返しました。「この人たちは死んでるじゃないか！」そのあと、私をもう一度ひっぱたきました。今、あれからだいぶ時間が経って自覚したのだけれど、私は怒っていたんです。彼が私を起こしたから、私を、ねばりつく闇の中に安らかに沈み込ませてくれなかったから。静かで甘やかなねばり気だったんです。あなたもすうっと行き着けるでしょう、まるで自分が無になったかのように……無になったかのように！　それは、四度目の死の練習でした。ここ数日で私は発見したんです。生きることは、死に入っていく感覚の練習なのだと。何が起きようとそれは練習なんです、絵やレタリングや彩色の練習と同じような。

今、死の絵を描いてみようと思いつきました。前は、絵のほうが言葉よりも多くを語ることができる、と思っていました。直線と曲線と角と色彩は、言葉よりも多く私の言いたいことに呼応していたんです。私はかつて、死の絵というのがどのようなものか想像できませんでした。今、死が現われてから、私は知ったんです。それは黒くなっていく白い紙です。何段階も黒い水彩の染みを重ねて漆黒に変わり、それから数秒後に白に戻っていきます。死とは、小さな赤い点を内に含んだその黒い数秒間のことです。赤い点は死へと至る入口です。目を開く前に、私はこの黒い数秒間を感じ、赤い点が私の目の前にありました。まつ毛がくっついてしまっているのを感じましたが、そこにかすかな弱い光が遠くから射して、その光は幾本もの黒い糸、巨大な黒い紐と混ざり始めました。それは、互いにもつれ合った私のまつ毛でした。それからその黒い紐をかき分けるように、私は光を見出しました。私の体は私のものではなくなり、気体になってしまいました。目の前の光の空間を流れていく柔らかな粒子がありました。音が戻ってきました。それでも私は動けずにいました。腸から何か出てきそう。ハサンが私の指を握りしめ、それから、私は息を吹き返しました。あのいやな臭いが充満した暗闇が出ていきました。私の胃袋から、私の両目から出ていきました。ハサンの目を私は見ていました。鮮やかなまなざし。もっと正確に言えば、水に濡れて潤んだまなざし。あなたもわかるでしょう、涙と呼ばれる水に潤んだ目が、何を意味しているのか。

言葉と、その言葉に込められる意味を、私はどんなに愛おしく思ったことでしょう。——

水の中を私は泳いでいました。その水は私の背景の半分にまで達していて、周りには何本もの指が重なっていました。女の人たちの死体の、水に浸かった指が。

仰向けのまま目を開けると、とたんに部屋の天井からペンキの剝片が降り注ぐように見え、また水がざあざあとかけられていました。それが、私が生へと戻った瞬間でした。あなたにははっきり言えます、あの瞬間は幸せでした。

私は一冊の本を持っていました。スアード女史が、ダマスカス中心部のアサド橋の下でその本が売られているのを見つけたんです。前にお話ししたように、あとから兄さんはあの橋を「革命の橋」と呼ぶようになりましたが、スアード女史が本を持ってきてくれたときはまだ「アサド橋」でした。

不思議な本でした。題名は『言語学』といって、「キツネの人《サアーリビー》」という名前の、およそ千年前に生きていた文学者が書いたものです（サアーリビーは文人・文献学者。九六一―一〇三八）。私は彼の名前が好きでした。この人が『星の王子さま』のキツネのような、アカギツネと一緒に走り回っているさまを思い描きました。私が幸いを見つけたのは、この本の最初のページをめくったときで、二年半ほど前、冬の初めのことでした。私は、あの本の中の不可思議で難解な言葉の意味を、絵に置き換えることができたんです。

ここの地下室には色がありません。ここには灰色と、黒と、白、……いいえ、ここに白はありません。ここには、埃の色、一色しかありませんが、私は言葉から色を理解できるので、私のお気に入りの本の話に戻ります。あの本はうちの私の箱の上のほうにまだあるはず。私はサアーリビーの顔を描いたんですが、突飛かもしれないけれど、顔は赤い色になりました。サアーリビーの隣にはアカギツネの絵を描きました。一度、『星の王子さま』と一緒にサアーリビーを描いたことがあって、王子さまとサアーリビーの隣には、共通の友だちであるキツネを描いて、『星の王子さま』の話の一部になったらいいのにと願いながら、二人の間に小さな物語を描きました。星の王子さまとサアーリビーが空について語り合うという話で、それもまだうちにあるはずです。

言葉の意味を説明しているあの本の最初の一文を、あなたが読んだことがあるかどうかは知らないけれど、前は、私は物事の意味が言葉になってしまうのが怖かったんです。絵にすることなく、純粋に言葉だけを理解するのが私には難しかったから。だから、サアーリビーの本のこの最初の一文を読んだとき、私の人生は一変したんです！

「汝の上にあり、汝の影を落とすもののすべて――それは、空である」

こういう言語辞典を読むのは初めてでした。百科事典とか、美術事典とか、普通の辞書とかは読んだことがあったけれど、言葉の意味の説明に夢中になったのは初めてで、これには驚かされました。

こんなにとてつもない量の意味を手にしているのに、どうして人はみじめな気持ちになんかなれるでしょうか？

わかってくれますか？　あのとき以来、世界は全部私のものになったんです。私の家の天井は空になりました。この地下室の天井も空。私が絵を描くために潜り込んでいるときには毛布が空。私の上にあるものはすべて空。こうやって言葉の完全な世界を創り出すことができるんです。過去数年間、私は言葉遊びを試しているときも、最終的に絵を描くのをやめたことはありませんでしたが、言葉を添えて絵を描くのが好きになりました。

こういう話はどれも、私に突然訪れた幸せについて語るためだけのものです。病院で、私たちの上に剝がれたペンキが降り注ぐ古びた天井を見ていたとき、私は天井を見ていたのではなくて、空を見ていたんです。私の上にあり、私の影を落とすものはすべて空でした。燃える太陽を思い描き、私の視線は遠のいていきました。……

ハサンが私を抱え上げ、水浸しの部屋から連れ出しました。それから私を抱えたまま進んで、病院の入口の階段の向かい側に下ろしました。私の頭を壁にもたせかけたので、私は半分だけ座っているような姿勢になりました。顔を拭われながら、私は本物の空を見つめました。入口のドアは開いていました。この幸せはときどきやってきて、世界がこのまま続いてくれますようにという願いを抱かせてくれたんです。ハサンが、手荒な扱いをしないように気をつけながら優しく近づいてくれました。行き来する亡霊たちは見えなくなり、叫び声も聞こえなくなりました。空遠くに見えていた飛行機の音も消えていました。私は、自分の上にある空を見上げ、眺めていました。空は全部、ハサンの顔と目。青空も電柱もすべて、私の視界の上で空になりました。私は悲しくありませんでした。指が動き始め、視界がはっきりしてきました。あのとき、その場所で、私は自分の周りにあるものを見たんです。

そこには、白衣に身を包んだ医者が一人と、その周りに同じ色の服装をした女の人が三人いました。四本の白線のように動いていて、死体の間を飛び回っていました。そして水道のホースを握り、人々の体の群れに水をかけている男の人がいました。水には色がなく、ホースの色は赤。そこに、白い服の医者がもう一人入ってきました。手にガラス管をいくつか持ち、それに何かを記録したり書き込んだりしながら泣いていて、それからそばに立っていた若者に、近くに座り込んでいた死体を運び上げてくれるように頼んでいました。彼らは廊下の奥の一角に死体を寄せ集めていて、その医者はなおも書いては泣き続けていました。廊下の奥の一角は広々として、医者は若者たちに指示を与えながら歩き回り、静かに話をしています。若者たちの中にはハサンもいて、死体を運んでその一角に安置し、その後、医者の隣に立ちました。人々は駆けたり飛び跳ねたり、出たり入ったりしていて、病院の入口のところに横たえられた死体もあれば、病院から運び出される死体もあって、動き回る医者と看護師たちの白い色のほかは見分けがつきませんでした。私のすぐ向かいに、女の人が立っていました。その前、彼女の足元には三人の子どもが寝かされていました。女の人は灰色をまとっていました。ヒジャーブも、着ているものすべてが、明るい灰色でした。女の人は三人の子どもの体の前に立ち、その体を凝視していました。石のように、瞬きひとつせず、身じろぎもしなかった。出入りする人々にぶつかられても動かないんです。微動だにしませんでした。彼女のまなざしは、子どもたちの体に注がれています。そこに男の人が近づいてきて、彼女を摑むとその場からどかせようとしました。それでも彼女は動きません。男の人は怒鳴りました。

「おおい、何なんだよ！」……女の人は振り向きもせず、じっと見つめ続けています。蒼白な顔。女の人は私のすぐそばにいましたが、私が顔を別の方向に向け、それからまた彼女のほうを見たときには、もういなくなっていました。さっきの男の人がこう訊いていました。

「この子たちの母ちゃんはどこだ？　この子たちの母ちゃんはどこだ？」

答える人はいませんでした。その男の人は、眠っているかのように横たえられた三人の子どもを抱き上げながら喚いていました。子どもたちの顔には不気味な静けさがあり、見ていると恐ろしくなってきました……！　子どもたちはパジャマを着ていました。どれもよく似たパジャマでしたが、それぞれ別の色でした。赤とオレンジと黄色——三つの色が水の中に横たわっていたんです——金曜モスクのスピーカーから流れる声が聞こえてきました。シーツと毛布を持ってきてほしいと言っていて、声は途切れることなく続きました。私は目を瞑り、ハサンがもう一度私を水の中に横たえてくれたらいいのに、と思いましたが、ハサンは人々の体の間を飛び回って写真を撮っていました。それから、いくつもの色が混ざり始めて、もう見分けがつかなくなり、私は目を閉じました。眠くはなかったけれど、ただ眠りました。私の夢には色がありませんでした。

わかりますか。ある日、目を覚ましたら、自分が天井に下げられたランプになっているのに気づいたんです。私は白い厚紙に囲まれて、揺れていました。厚紙は真っ白で、輝いています。このランプは、スアード女史が部屋の真ん中に吊り下げていたランプに似ていました。そういうものを生まれて初めて見たときのことを覚えています。細い紐で吊られた小さなランプで、白いシェードがかけてありました。白いシェードはランプの上にあって、大きくて、ここまで手の込んだ装飾が施されていることに私は目を見張ったものです。あとになってたくさんのランプを、写真集の中で見たんですが。

目が覚めたとき、私は地下室にいて、これと同じランプを見ていました。レースの編み目まで同じだったけれど、このランプのシェードは、あるいは私がランプのシェードだと思ったものは、私のより——私は小さいランプなので——大きかったです。遠くから灯りが射し込んでいて、私は目を開け、何が起きたのか、なぜ私がここにいるのかを想像しようとしましたが、灯りがまぶしすぎて、よく見えません。シェードが私の動きを支配していました。シェードの外側で何が起きているか確かめようと頭をもたげると、またハサンの目が見えました。ハサンはそばに座って私を見つめていましたが、同時に、彼は私を見ていませんでした。私はマットレスの上に寝かされていて、頭と体の上に赤い布が掛けられ、その布から饐《す》えた臭いがしました。ハサンの唇が動いて、彼は私に話しかけていたけれど、何も聞こえなかったので、私はもう一度目を瞑ってから、地下室の窓の端の空のかけらを見ました。いつもと同じように、青く、澄んでいます。それから反対側の隅に女の人や子どもたちがいるのに気づきました。子どもたちは眠っています。女の人が二人、地下室の掃除をしていて、ハサンが手伝っていました。子どもが三人、寝かされています。私の手は、高いところにある窓の鉄柵に繫がれていました。

元の物語に入ってきたこの新しい物語の言葉を読み進めながら、ぜひ想像してみてください──きっと何かが起きるはず、私の周りには動き回っている人間がいたのだから──この地下室は大きな紙でできていて、私たちはその紙に書かれたおかしな線なんです。平行線や重なり合った円で私たちの目や鼻はできているんです……同じように、想像してみてください。たとえば、私はあの短い直線で、一本の直線と並行しています。その直線がスポンジのマットレスです。もしも私が、このマットレスを壁のように立てかけて、『星の王子さま』の話に出てくる石壁みたいに、その上に座ろうとしたら！　それから、これも想像してみてください。眠っている子どもたちが互いに重なり合う円みたいに丸くなったところを。ほかは全部、いろんな色が入り組んだよくわからない空間を形作っています。線が交差したりくっついたり、いくつもの点が重なり合ったりして、どうなっているのかわかりません。

マットレスの前には、ボール紙の包みが山積みにされていましたが、あとになって、それは私たちがいる印刷所の地下室で使われていた大きな厚紙だとわかりました。厚紙に触ることができたとき、私はこれを全部多色刷りの物語にできたらいいのにと思いました。でも、あなたにお話ししたように、ここで使える色は一色だけ、青だけなんです。

二人の女の人は私たちの顔を拭ってきれいにして、小さなガスコンロの上で煮え立っている何かをかき混ぜていました。私は思い思いのやり方で世話されるがままになっていました。二度目に目を開けたとき、そこがとても清潔なのがわかりました。中央に布が敷かれていて、上に新聞紙がひいてあり、その真ん中に、いくらかの野菜とホブズが二枚、林檎の袋が置いてありました。私はお腹が空いていたけれど、その前に、おしっこに行きたかった。二人の女の人にそれを説明しようとして、私はすでに自分が何度も服を着たまま漏らしていたことに気づきました。私はひどい臭いで、二人の女の人は、自分たちもそれほどましな格好をしているわけじゃないのに、不審そうに私を見て、話しかけてこようとはしませんでした。二人は真っ赤に充血した目で、何もないところを見つめながら、壊れた人形みたいに動き回っていました。私は、どうしてこの場所に、爆撃の轟音がやまない中、彼女たちがいるのか理解できませんでした。ハサンは私の視界から消え失せていました。私を人形みたいにひたすら拭き清め、動かそうとして二人が攻撃してくる間、私は目を閉じていました。二人は私の口を開けて水滴を喉に注ぎ込もうとしていました。私は歯を食いしばり、乾いた木片になりきりました。怖かったんです。私は口をきくことはできると思うんです。きっとあなたも、私の物語の最初から、私は話せるに違いないと思っていたはずです。私はただ怖がっているだけだと思っていたでしょう。でも私は、あなたが物語の遊びを味わおうとしないで、単にわかりやすい直截的な出来合いの言葉を期待して読んだりする人だったら、と思うと怖いんです。

だから、私はあなたにこう言います。ハサンが「化学物質だ！」と叫びながら私を土の上で引きずったあの瞬間から、私は自分が服を着たままおしっこを漏らしていたことに気づいた、と。……

その時点では、私は言葉の意味がわかっていませんでした。化学物質と言ったら、学校で七年生から——八年生だったかもしれないけれど、もう思い出せません——女の子たちが教わる「化学」の物質という意味でしかなかったから。

そして、このことと、そのとき起きていた恐ろしいことの関係も理解していなかったんです。

その日、私は自分がひどい悪臭のかたまりだということに気づきました。私はその臭いを嗅ぎ、二人の女の人が私を見つめるときの妙な目つきにも気づきました。二人が、窓の鉄柵と私の手首や体を繫いでいる長い紐を凝視しながら、忍耐強く私を看護しているのもわかりました。それから私はもう一度目を閉じて、起き上がり、外を指差しました。腰の上に手を当てて、二人におしっこがしたいという仕草をしてみせました。二人はこわごわ立ち上がり、服を持ってきてくれました。

服が入った大きな黒い袋が子どもたちのそばに置かれていました。私たちは六人で、黒い袋ひとつとこまごましたもので小さな家ができていました。二人はその間ずっと泣きながら、私の体を水で湿らせた布で拭いて、服を着替えさせてくれました。それから一人が私の脱いだ服を持って出ていき、それを通りに投げ捨てました。私は通りを見ていました。そばにあった紙の包みの上に登ると、窓の高さに頭が届くので、ほんの少し外が見えたんです。女の人は服を投げ捨てたあと、急いで階段を駆け下りて息を切らしながら地下室に戻ってきました。投げ捨てられた服の周りに猫が集まってきて、私はまた目を瞑りました。私が別の服に着替えるとすぐ、もう一人の女の人が私の手を摑んでトイレがある一隅に連れていって、ドアを閉めてくれました。紐は地下室の階段の三段目まで届くくらいの長さがあるので、おしっこも問題なくできます。うんこのほうは、ここでは大問題でした。封鎖が始まって以来、断水が続いていたのでうんこは招かれざる事態です。私はうんこはしないでおしっこだけでしたが、それでもひどい臭いがしました。

私の胃袋は空っぽだったけれど、奇妙なことに、私は二度目に目覚めてから飢えを感じていませんでした。あの二人の話を聞いたところでは、私たちがここに来てからもう何日も経っていたというのに。もうあの二人の顔は忘れてしまいました。

私は変な液体を吐いていました。喉が焼けるようで、目がひどく痛み、眩暈がしました。地下室にいた人は皆、同じ症状で苦しんでいました。子どもたちはほとんどの時間眠っていたので、何歳なのかはよくわかりませんでした。その子たちはくるんと丸まったかたまりみたいでした。少し前にお話ししたように、この地下室の絵を形作る線の集まりの中で、子どもたちは円い形をしていますが、私はこの物語に彼らを入れることができませんでした。つまり、地下室の話でもまた別の話であっても、その細かな描写には出てこないんです。また別の話というのは——「また別の」という響きも気に入っています——ここで私は一人ではなくて、ほかの人たちに囲まれているという意味、そして私が安全な状態にあるという意味です。

こういうときを迎えるまで、私は何が変わったかということに関心がなくて、何も知りませんでした。ハサンが二度、ほんの数分戻ってきたときに、こまごましたものを持ってきて、次に戻ってきたら君たちを別の場所に移すからと言っていました。三度目に戻ってきたとき、私は彼の大声で目を覚ましました。部屋には私一人きりで、ハサンは私を起こそうとしていました。

ハサンのことを表現するのは簡単ではありません。というのは、ハサンは彼自身が物語なので、深く集中しなくてはいけないんです。彼の物語はわかりません。彼の姿が、彼の髪、彼のライフル銃、彼の服、彼の瞳、彼の腕、彼が腰に下げているカメラが、私の頭の中に忍び込んできます。ハサンのあらゆる部分が物語です。彼のシャツは青色でした。不思議なことに、その青は埃まみれなのに光を放っていたんです。今、私が書くのに使っているペンの青みたいに。私はそれが炎のように輝くのを感じていました。シャツの青い色ではなく——彼の瞳が。彼の瞳の輝きは、ぱっと火が燃え上がるようだったり、揺らめいたり、目まぐるしく変わり、私の心にいくつもの波紋を広げていきます。物事をどうやったら説明できるか、わかってもらえたでしょうか？　要は、私は自分の心のことを言っているんです。ハサンの話になると、どうして物事の意味はもつれ合ってしまうのか、私にはわかりません。私は、自分がいつも彼のことを考えていると思っています。彼は、私の肌の下を血液のように流れているんです。彼も、彼の色のすべても。ハサンはずっと怒ってばかりいるけれど、彼の怒りは私の心に棲みついていました。私を抱え上げ、埃が舞い上がる中を駆け抜け、私たちがすみれ色の家々の前を通り過ぎたあのとき以来、彼は私の心を支配しています——あなたに今、すみれ色と言ったのは、本当にそのとおりだったからです。信じてください、毒ガス弾が爆発すると、家々の壁はおかしな色に変わってしまいます——すみれ色の家の話をすれば、あなたにまたあのことを思い出させる羽目になってしまうけれど、私は幸せを感じていました。この一連の物語を通して、この幸せこそが私の知った唯一のものだったと、あなたには正直に打ち明けるべきだと思います。私の左の胸の中に、跳ねるものがあったことを。

感じ取るまでは、物事は存在しないのと同じこと。胸の中で兎のように跳ねるものに気づくというのがどういうことか、私はわかっていなかったんです。この胸騒ぎのことは本ではたくさん読んできたのに、いざ自分がそれを知ってしまうと、怖くなりました。本で読みながらどんなものか想像してみたことはあったけれど、知ってしまうと全然違います。本に書いてあること、描かれていること、そして実際のこととの間にはいろいろあって、とまどいを覚えます。とまどって、怖がりになってしまうんです。

本当に怖いと思いながら、私はここで待っているんです。絵にならないこの気持ちは、言葉でしか言い表わすことができません。

それは兎の姿をしているというわけじゃないんです、私の胸の中で飛び跳ねているもののことです！

自由に描かせてもらえるなら、私は一匹の魚を描くでしょう。池から飛び出して、岸に落ち、ぱくぱくと息を切らしている魚。水がない！ 私の胸の中のあの感じは、そんなふうに跳ねていたんです。魚の輪郭と形があり、息切れしている。息切れする魚、という言い方で合っているかどうかはわからないけれど。だって魚は息切れなんてしないでしょうから。でも、私が言おうとしていることは、あなたにはわかってもらえたと思います。

ハサンのことをあなたに書き綴りながら、周りを飛んでいる蠅を見つめていると、私の胸の中から魚が飛び出して、左の肋骨の中に着地します。想像してみてください。まず、私が飛び回る蠅を見つめているところを、そして肋骨の間で一匹の魚が跳ねているかと思うと、突然、兎の毛皮をまとった魚が、私の肋骨から飛び出てきて着地するところを！　絵のほうが言葉よりいいんです。もし絵の具があれば、もっとはっきりした形であなたに伝えられるのに。実は、私は絵よりも沈黙のほうが好きです。そして、何を望んでいるかわかってもらうには、あなたをまっすぐ見つめたほうがいい。でもそれは無理な話です。私たちは、できるだけ悪くないほうを選ばなくてはいけませんね。今、ここで、ハサンを待ちながら、私は改めてできるだけ悪くないほうを選んで、私の周りの物事の意味を書き進めていきます。私の土の星の中にとぐろを巻いていた、思考の長い鎖の一部を失くしてしまったから。

地下室の中で、いくつかの家族とどれだけの時間一緒にいたかははっきりしません。何人いたかは、もうお話ししたと思います。私は目覚めてはまた眠り、あの人たちが私の身の周りのものを整理してくれていました。熱いレンズ豆のスープもありました。私たちは数日間それを食べ続けました。熱いレンズ豆のスープと一枚のホブズ。

あなたに宛てて書き綴りながら、私は理解しようとしています。二本の長い角と、炎でできた両目をもつあなたの姿を思い描きます。あなたが私のこの言葉を読んでいるところを想像して、それから、世界がひっくり返る前——お母さんの手から逃れたとき——だったら、あなたは何物でもないかもしれないと考えるんです。たぶん、私がお母さんの手から逃れる前から、世界はこんなふうだったんですね。でも、私は世界を知っているんです。私には誰も知らない秘密があります。私の秘密は、何のおかげで外の世界を知っていたか、ということで、それは、私が口をきけなかったおかげなんです。これにはあなたもきっと驚くはずです。でも、請け合ってもいい。私は舌の筋肉の動きを止めたおかげで、そして本のおかげで、世界を知ったんです。私にはそれで十分でした。幸せでした。私の人生は、反転した形で始まったんだと思います。沈黙するところに楽園があったのだから。それから突然、起きたことが起きてしまいました。

起き上がる前に、私は目を開けて皆が何をしているかをじっと見ていました。

ハサンは私をその人たちと一緒に置いていったんです！　あの人たちは誰？——この数日の間に私の人生を通り過ぎていった大勢の知らない人たち。二人の女の人はいなくなって、また別の新しい集団が来ました。私と同じように家をなくして避難してきた人たちで、お互いのことはほとんど知りません。足の上に子どもを乗せてやりながら、泣いている女の人がいました。その人は何枚もの服を枕の形に丸めていました。消え入りそうな声で子どもに歌をうたっています。唇の間から、続けざまにハムザ（声門閉鎖音を表わす文字。ア・イ・ウのように母音に似た響きをもつ）の文字が出てきます。أ《ア》أ《ア》أ《ア》أ《ア》أ《ア》……أ《ア》أ《ア》أ《ア》أ《ア》……その人は地下室の窓を眺めています。爆撃が続いていて、子どもはお母さんと同じように窓のほうを見ていました。その人は静かに子どものほうに身を屈め、その指を握っています。子どもは完全に体を預けて、身動きもせず、泣きもしません。私は爆発の轟音で目を覚まして、自分の体が震えているのを感じました。その間も、子どもは安心して目を瞑り、お母さんがその指先を握っていました。地下室の隅で、二人は私たちから離れたところにいました。お母さんは大きなボール紙の包みにもたれていました。

あの奇妙な目覚めの間、私は自分のお母さんの足のことを考えていました。さっきの女の人は足を伸ばして揺りかご代わりにして、足の間に子どもの頭を乗せ、何かの歌を口ずさみながら軽く揺らしていました。一瞬、私は、その人の両足が私の大きなベッドになって、その上に寝転がれたらな、と思いました。私のお母さんもあの歌を口ずさんだんです。私が四歳になるまでお母さんが同じことをしてくれていたのを覚えています。深刻そうな面持ちで窓を見つめ、バランスを取りながら足を揺らしていました。けれど、私はそれをまるで自分のものではなく、知らない場所のことのように記憶しているんです。

地下室の窓を見ているそのお母さんは、そこから覗く空のかけらを見つめていました。私の考えでは、外に空はありません。その小さなかけらは、私が昇らせる空なんです。逆に言い換えれば、この地上にはあの窓しか空がないんです。地下室に詰め込まれている状況では、自分たちの周りの色でさえ重要ではありませんでした。私には何の色味もない、あの色しか見えなかったのだから。

薄目を開けて、私たちの間を動き回るハサンを見ていました。何かを持ってきたり、持ち出したりして、それから武器の手入れをしています。それは、すばやく目を閉じて、それからいきなり黒い点を見つめたときの目に似た色をしていました。たぶん、色はどれも灰色だったと言うこともできるでしょう。

すべてがセメントの色だと。私は黒い色だけ見分けることができました。あの二人の女の人が着ていた服の色です。別の女の人が、外に出たいと言うのが聞こえました。その人は、憐れみと敵意の混じった目で私を見ています。私の存在が問題になっているようでした。

ハサンは落ち着いた口調で、二人に静かにしてくれと頼んでいました。爆撃はやまず、彼は行かないといけませんでした。ハサンは短い時間やってきて、すぐにまた行ってしまいます。

目を開けて、もう一度目を閉じてしまいたいと強く願ったのは最近のことです。私は恐怖に慄いて跳び上がりました。そういうはっきりした感覚は好きなんですが、実際、私は怖かったんです。地下室は空っぽで真っ暗でしたが、空からごく弱い光が射していて、それで影が見えました。私は、自分一人しかいないことに気づいたんです。例のお母さんの足が揺れるのも見えなければ、ハミングのような歌声も聞こえませんでした。また私は地下室に取り残されました。

あのときの感覚は説明しようがありません。あなたは地下室がどんなところか知らないでしょう。私はひとりぼっちでした！　そして、また服を着たままおしっこを漏らしてしまった、と思いました。お腹が空いていました。

あなたにうまく説明できないことがあります。これまで、私は何かの必要性をどうにもならないほど強く感じる、という経験がなかったんです。だから、そのことには密かな嬉しさがありました。私は自分が空腹だと感じていて、それは私だけの感覚だったからです。それまでは、飢えに駆られて食べた記憶はありませんでした。もしも絵の具セットと定規と紙があれば、この感じが色のない、でも白でもない、まっすぐな一本線みたいなものだとあなたに知ってもらえたと思います。できることなら、黒い画用紙の上に白い線で描くことを選んだでしょうね。

太腿の間にむず痒さを感じていました。何かが足の上を這っていました。沈黙の中、遠くの爆撃の轟音が貫くように響いてきたので、私はあえて動こうとはしませんでした。座って壁に寄りかかると、視界が広がり始めました。この場所は、元のままです。人がいなくなっただけ。あの人たちが行ってしまう前に枷を外してくれたらよかったのに！　でもそのおかげで、ハサンは帰ってくると確信しました。

外の通りが見えるように、窓の縁に向かって跳び上がったり、つま先立ちになったりしましたが、よくは見えませんでした。

ボール箱を窓の前に引きずって踏み台にする必要がありました。ボール箱には紙がぎっしり詰まっていて、上に乗って通りを見るのに、高さも足りそうでした。ところが、これでも十分じゃありませんでした。通りがちゃんと見えるだけの高さがある紙の包みは、遠くによけられてしまっていました。

私は窓を開けました。空がすみれ色になっていたので、夜明けどきに違いありません。私の好きな色、私に喜びを与えてくれる色。毎回あなたに思い出させる必要はないけれど、ハサンの肩の上で、頭を垂らして背負われていたときに見た色。飛行機が投下した毒ガスのせいでそうなったと言われている色。あの夜、逃げてきた人たちはそう繰り返していました。正直に言うと、私はこの話にびっくりしました。とてもきれいな色だから。どうして色が人々を殺すのか、私には理解できません。

そのとき、あの死の色に似た空の色を見つめながら、私は泣きました。

自分の身に何が起きているのかわかりませんでした。必要なものは明らかでした。私は怖がっていて、泣いていて、お腹が空いている、そして今、何が起きているのか理解できない。これまで、自分がこういうことを感じることができるなんて思いもしませんでした。

なぜ自分が泣いているのかはわかっていました。私はそれを理解していました。舌の筋肉を動かさなくてはならないと感じたのに、どうして舌が喉の奥に丸まってしまうのかわかりませんでした。

猫が通りに沿ってやってきたとき、叫び声ではないけれど、妙なくぐもった声が聞こえてきました。怖くはありませんでした。猫の目が私の目の前にあって、そして、何か動くものが……奇妙な動くものが私の前にいました。それが何かはよく見えませんでしたが、猫は私の前で飛び上がって逃げていきました。空のすみれ色が青に変わっていきます。通りには誰もいませんでした。

首を伸ばせるようになりました。もうひとつボール箱を持ってくると、少しだけ高くなって、頭を自由に外気にさらすことができるようになりました。長いけれど狭い通りでした。家々は完全に破壊されています。朝の奇妙な匂い。通りはごみと建物のがれきだらけ……ここに色はありません。白と灰色の埃にまみれたセメントの色だけ。動いているものが、今はっきりと見えてきました。私が頭を覗かせている窓の向かい側に、痩せこけた犬がいました。色は黄色に近かった。尻尾は茶色でした。

陽光が輝き始め、空には雲ひとつありません。混じりけのない青。私は、色彩を正確に表現できます。私の目は、色を知り、解明するためにあると思うんです。あのとき、空の青はグラデーションもなく、完璧でした。澄み切った明るい青。破壊された建物のがれきのせいで、途切れ途切れの線が交差しています。通りには人っ子ひとりいません。あの逃げてしまった猫と、がれきの山を掘り返している犬以外、生き物の気配はありません。

大きな音を立てて息をしています。自分の息の音が聞こえます。口の中で、舌の筋肉が動いています。何でもいいから生きているものを見つけたら、話しかける心の用意はできている、と感じます。歩きたい。青と朝の間で、目に水をいっぱいに湛えながら考えています。涙のしょっぱさを味わいながら、ハサンのことを思っています。私の心には彼しかいません。私の周りのすべてが、お母さんと兄さんの姿まで、消え失せてしまいました。何もかもなくなった。ハサンも死に捕らわれてしまったのかもしれません。お母さんと兄さんがそうだったように。こういうことは私にとっては混乱させられる話です。突然、人間がこんなふうに、まるで初めからいなかったかのように、いなくなってしまうんです。私はこのことをずいぶん考えてきたけれど、何について考えてもまったく役には立たないと知りました。結局のところ、私たちはずっと存在し続けることはできないのだから。つまり、私もずっと生き永らえなければいけないというわけじゃないんです。この事態は変わるでしょうか。私たちの身の回りで何が起きているかを感じなくてもよくはなるでしょう。それは、とても簡単で安易なことだから。

私は顔を窓の鉄柵にくっつけました。窓ガラスは割れていました。私はあばら骨が浮き出て見えるあの犬が何をしているのかを見届けようとしていました。なんて痩せこけた犬！　通りの向かい側のがれきの山を掘り返しています。かつては四階建ての建物だったようですが、今はセメントの山になってしまいました。何度も爆撃を受けたに違いありません。たびたび、私の肌にはぶつぶつができて、また肌の下に沈んでいきます。目を瞑るとそれを感じるんです。ぶつぶつがあるのを確かめたくなると、指で肌を撫でてみます。感触はあるんですが、目には見えません。あのとき、肌を撫で、うっすらと埃を立ててがれきの山を掘り返している犬の四本の足のほうに頬を向けたら、ふと目に留まるものがありました。直《じか》には見えません。私のことを、言い方の違いはあっても、頭がおかしい娘だと言っている人たちはやっぱり正しいみたいで、私は犬の頭をあくまで見続けようとしました。犬はまさかと思うほど近くにいるように見え、一、二回飛び跳ねれば私のすぐ鼻先に来てしまいそうだったので、私は窓から離れて頭を地下室の中に戻しました。そのとき、飛行機の鋭い音が響いてきました。犬は動くのをやめ、頭を上げて周りを見回しました。私は頭を屈めました。たぶん犬は私の存在に気づいていたと思います。私が見知っている、卑屈そうなあの目つきをしていたけれど、目に輝きはありませんでした。私にはそれがはっきり見えました。太陽が辺りを照らし始め、犬のあばら骨や痩せこけたさまがますますはっきりと表われました。犬はセメントの山の間で動き回り、埃が舞い上がりました。その向かい側から、何かが動く妙な音が聞こえました。猫の鳴き声でした。犬を前にして猫は怯えて逃げ出し、すばやく走り去りました。犬は静止したまま、何の感動もなさそうに猫を注視し、それから掘り返す作業を続けました。あなたがこの場面を想像したら、こんなふうになるでしょう。

娘が一人——私のような——が窓から首を伸ばしています。ここで外の光景を描写すべきだけれど、それは難しい作業になります。でも建物なら描けます。私たちのいる地下室の上の建物は完全に破壊されているとわかっているので。私の目の前にはがれきの山があるけれど、通りの向こう側の山ほど大きくはないので、左右に視線を走らせることができるんです。つまり、あの犬は通りを挟んで向こう側にいて、そこに大きながれきの山があり、犬はゆっくり尻尾を振りながら土を掘り返しています。二匹の猫が慌てて逃げていき、それから飛行機の轟音が聞こえるんですが、紙の上に飛行機の姿はありません。飛行機の形を描くことはできます。でも、私はこれまで、爆弾を投下した飛行機を見たことがありません。一度だけ、ここに移ってくる前に空を見上げたとき、あれが飛行機だ、と教えてもらったことがあります。それを描くのは簡単です。それでも、まずは一人の娘が建物の中にいるところを想像してください。それで、これからあなたに表現しようとしている瞬間が訪れるんです。娘の頭のことは考えないで、そしてその娘が私だということは覚えておいてください。私は頭を覆う布を取っていて、髪はあらわになっていました。つまり、娘の髪はきちんと撫でつけられていたなんて付け加えることはまずできません。地下室の中で髪は垂らしていたんですから。それに、もし窓の外に髪の毛が出ていたとしても、麗しくは描けないと思います。風がないのに、髪の毛がなびいているさまは描けないからです。朝から息苦しいほどの暑さでした。

ここで私は、もっと正確に、見たとおりに、あの犬を描写しなくてはなりません。痩せていて、動きはのろく、弱々しく卑屈な目をしていること以外にも。犬はがれきの山に一心不乱に顎を突っ込んでいて、中まで進んだかと思うと体の半分が見えなくなり、その後、何かを引きずり出し始めました。

ふたたび、飛行機の騒音と爆撃の轟音が聞こえたとき、音は遠くないのに、飛行機の影は見えませんでした。犬は空を見上げました。そこには私たちしかいません——私と、その犬と。そこに、日の光が射して、犬の全身を照らしました。その場から犬が駆けて隠れてしまう前に、がれきの山から犬が掘り返していたものが見えました。それは絵空事ではありませんでした。小さな手のひら、本物の手のひらでした。痩せこけた犬の顎に咥えられていました。色ははっきりしなかったものの、セメントの色に似ていました。犬は飛行機の騒音と爆撃の轟音から逃げ出し、少し体を傾けて通りをすり抜けていきました。通りと言っても、実際には小路くらいで、地下室と向かいの建物の間の幅は三メートルもなかったと思います。それよりもう少し幅があるかないかでした。

犬が踵を返したとき、ほんの一、二秒、あの手のひらと犬の顎が目の前を通り過ぎ、私には手の指まで見えました。犬が顎で指と反対側の手首の側を咥え、その手を……手のひらを、指が突き出るような格好で運んでいたんです。犬の顎は血と埃で汚れていました。私がそれを見たのは、今言ったようにほんの数秒間ですが、その瞬間、時間が止まりました。数分間、私は袖で自分の汗を拭っていました。洟を啜る音が聞こえました。私の鼻から流れ出し、垂れそうになるたびに洟を啜りました。あんなに興味津々に見つめることができようとは思ってもみませんでした。窓から首を伸ばし、あの犬を眺め、それから建物の前の土の山をよく見ようとしました。そこには何の痕跡もありません。首を伸ばしていると、犬は、あの指を顎に咥えたまま、私の視界からいなくなりました。飛行機の騒音が鋭く、はっきりと響きました。何かを感じるより先に、猛烈な風に私は床になぎ倒されました。何の音かわからない変な音がして、何も見えなくなりました。床に吹き飛ばされた私の上に、もうもうと塵埃が立ち昇っていました。目が異常な熱を発しているのを感じ、塵埃の雲が立ち昇るやいなや私は眠気に襲われ、眠りに落ちました。

秘密の星がどういうものか、知っていますか？　物語に出てくる、姿を隠してくれる帽子みたいなものです。それを被れば誰もあなたを捕まえられない……その気になったら、試してみることもできます。それは、あなたにとって大事なことだと思うけれど、これは暗記しておいてください。というのは、私があなたに授ける魔法の手引きは、燃え尽きてしまうかもしれないから……あるいは、私が破いてしまうかもしれません。どうするかは、戻ってこないハサンが、戻ってくるかどうかにかかっています。

そのとき私は苦労して目を開けて、自分は秘密の星のひとつにいるんだと思いました。人間はその星に辿り着いたことがないんです。何日もの長い間、私はここにいます。きっと、思ったよりは長いはずです。いえ、少ないかもしれない。もう最後に食べた日がいつだったのかさえ覚えていません。水は今日、尽きてしまいました。断水しているんです。封鎖下で、まったく水がありません。爆撃のあと、水道の蛇口を見てみたら、埃まみれになっていました。ここにあるただひとつの蛇口に何度か息を吹きかけてみたけれど、乾ききっていました。唯一使えるのはトイレの水です。飲んでみようと考えることはできますが、これも量はありません。私の「押しつけられた秘密の星」では――そう呼んでいいと思います、姿を隠してくれる帽子と同じ役割を果たしはするけれど、もともと私のものじゃなかったし、自分で作った星でもないから——その星では、水はただの夢でした。

私には、この地下室——今の私の秘密の星——とは違う秘密の星がいくつかあって、私はずっとそこで生きてきました。目を開けて、ハサンが私の顔や髪を指でさすって、埃の跡を消してくれていたとき、ここを私の秘密の星にしようと決めたのを覚えています。お話ししたことがあると思いますが、ここには窓から入ってきた石がいくつも転がっていました。石のせいで地下室の窓には穴が開きましたが、それでも窓の鉄柵はびくともしません。

今、私はまだ繋がれています。これはいい兆しです。私はこの場所から動くつもりはありません。ここ、ハサンのそばに残るつもりです。検問所で手の枷が解けたときにお母さんと兄さんを失ったように、ハサンを失いたくないんです。数分だけ出かけてくる、それからこの地下室の近くの爆撃がやんだら戻ってくる、とハサンは言ったんです。数分が数日になり、その間も次々にたくさんの爆弾が落とされました。ドアは閉まったままです。ハサンは、数分だけ、ここを閉めておくと言いました。どこに爆弾が落ちたかを確認して、それから戻ってくる、と。でも、爆撃は絶え間なく続いていて、彼は戻ってきません。

どのくらい時間が経ったのかしら。時間は雲の上に運ばれた長い小道です。森と小道は星の上に運ばれています。雲がどうやって動いているかはわかりません。雲は走ったりするのかしら？　その場に留まったり、スーパーボールみたいに高く飛び上がったりする？　スアード女史のところにお母さんと一緒に出かけてから、時間は雲の上を飛ぶパラシュートのように、宙ぶらりんになっています。私は、そのパラシュートの中の空間と森の小道の間で、宙を泳いでいます。あらゆるものが私を取り囲んでいます、これからあなたに話すことになる、私の二つ目の秘密の星にあるものすべてが。

時間は、私が生まれる前に過ぎた時間と同じく、私にとっては何物でもなかったし、今も何物でもありません。私にはわかりません。私は知りません。私は、反対方向に向かって回る時計の針のように、固定された一点にぶら下がったままでいます。

今、大地は巨大な時計のようです。ハサンが来れば、大地は時計の長針から、分岐する枝に変わり、それから忽然と森の中に姿を消して、そして巨大な時計は雲と小道とパラシュートに戻るでしょう。

ベッドの下、私が最初の秘密の星を立ち上げたところに青がありました。ベッドの下の隙間には、私のもう一枚の小さな布団がありました。私が作った布団で、色は青。枕は白、真っ白でした。青と黒に囲まれると、枕の白は輝くように見えました。

時間は、私の頭の上で、善意に満ち涙を湛えた大きな目をもつ獣の背に乗っていました。時間は、蝶の二枚の翅とネズミの尻尾をもつ小さな女の精霊でもあります。その精霊は赤と緑の縞模様の短いズボンを穿き、目は青く輝いていました。私の最初の秘密の星で、時間とはそういうものだったんです。私はその精霊を見ていました。もちろん、時間を女の精霊になぞらえることが許容されないのは知っています。「女の精霊《ジンニーヤ》」は、女性名詞であって、言語の上では「時間《ザマン》」は男性名詞だから。でもそんなことは重要じゃありません。人生の意味を規定するものは色であって、必ずしも言葉に従うことはないんです。あの時間は、私がこの地下室で見た時間とは違っていました。

時間にはさまざまあって、ある秘密の星と別の秘密の星でも違う時間が流れています。私の周りのものはすべて、奇妙な条件に従いながら変化・異化しうるもののように見えます。前は、時間とはあの女の精霊のことで、私が生きているかぎり付き添ってくれるものだと思っていました。私の頭上を旋回する森の小道の中で、数秒が逃げ去ったとしても何の意味もないとき、その時間は、同じ時間なんでしょうか。ゆっくりと、やっとのことで目を開けたとき、あの森の樹の枝はまた私の周りを包み込んできました。

私はあの時点に立ち返るために、あなたに一部始終を説明してきました。ハサンがいなくなる前、目を開けてかろうじて息をしたら、ハサンが私を清めてくれていたとき。あのとき、私はもう一度目を閉じました。目を開けたせいで、ハサンが私から離れてしまうのが怖かった。私が目覚めたことに気づいたら、彼はそうしたはずです。確かに、私は、珍しく目を覚ましていたのに、ハサンにそのまま顔や髪や服を清めてくれるよう仕向けたんです。私はもう一度ハサンの目を見たかった。でも、私はそれを我慢して、ハサンに最後までやってもらうことにしたんです。彼が現われたとき、突然私に舞い降りた幸せ以外、ほかのことは何も考えなかった。彼の指が私の頰に触れたときのことを記憶に留めながら、私は、彼の指のおかげで自分は命を取り留めたんだと考えました。私が、どんなにあの指に心を震わせたか、あなたにもわかると思います。物事の性質を外見で判断するのは間違いのように思います。私の指と同じように、ハサンの指は語りかけます。思わず笑い出しそうになりました。ついに私は自由になれたんです。それが、お母さんと兄さんがいなくなったという意味だとしても。きっとあなたはこのことに否定的な気持ちを抱くと思うけれど、実際、そういうことだったんです。

彼がしてくれていたことを続けてもらいながら、私は、今度の秘密の星は、これまで私が生きてきたどの星とも似ていないと思っていました。それがどういうことかをこれから——あなたが退屈してしまわないといいけれど——説明します。何が起きたのかを知ってもらいたいから。そして、私が生きているうちは、絵で描くことができなくても、文字で書いているこの瞬間のことを、忘れたくないんです。これまで私の人生に起きたささやかなことの多くが失われてしまったように、いつかこの瞬間のことも私の頭の中から消えてしまうのだけれど。

まず言わなくてはいけないことですが、私は楽しんで書いているんです。あなたが私にさせてくれているこの遊びのおかげで、私はいい気分になります。あなたは、飛行機が絶え間なく爆弾を投下している中、地下室に繫がれて横たわっている一人の娘のことを考えるでしょう。そして深く思いを馳せることなる……そうでしょう？

これまで私はいくつかの秘密の星で生きてきました。星の王子さまが星々を旅する間にそうしたように、私はそれらを区別して考えています。星の王子さまにはいくつかの星があって、私にも自分の秘密の星がいくつかあります。こういうことを、私は星の王子さまから学びました。私は王子さまと花の会話を覚えています。隠さずに言うけれど、あの花に対して、私はちょっと腹を立てているんです！

さて……少し前にお話ししたように、秘密の星はベッドの下にありました。私の家だったあのベッド。そして秘密の星は、ベッドの下、お母さんがしまっている箱と壁の間の空間でした。私は、自分の絵や本やノート類をそこに置いて、私自身を詰め込んでいたんです。その星は、私が腹ばいになって絵を描けるほどの広さがありました。星の境界は、ベッドの四本の脚までだけど、その下では、星の根っこが私の根っこと絡み合いながら、底なしの深さまで伸びていました。私は、自分の頭の中の一点を介して、それらの根っこが大地の中心と結びついている様子を描いたものです。『不思議の国のアリス』の発想と、自分の大きさを変えられるアリスの力を借りながら描いていくんです。さまざまな大きさで、私はアリスが不思議の国を歩き回っているところを改めて描きました。そのアリスはスアード女史に似ていました……そして、私はそこで、お気に入りの古典の本『カリーラとディムナ』の絵を描き始めました。その本は昔、学校で教材として使われていたもので、その褐色のカバーは今も私の箱の中にあります。

この星には、「一」という番号がついていて、誰にも知られずにいました。私はお母さんや兄さんがいるときにはこの星を隠していたんです。私は何度もこの星に色を塗りました。あとになって、お母さんが水と憎むべき洗剤を使って色の跡をすべて拭き取ってしまったけれど。その星で私は、文字に色つきの記号を付して書くことを覚えました。色をつけた絵入りで書いた紙を千枚以上持っていたんです。今も残っています。言いたいことを全部、色つきの絵を添えて書きました。

私の星は隙間の空白でできています。星の外観は、ベッドの脚や私の秘密を詰め込んだ箱で区切られていました。箱は、お母さんが壊してしまったせいで、十分に中身を入れられなくなってから、空になっていました。でも箱の側面はまだ私のものだったので、それを火の色に塗ったら、お母さんはその色を洗い落として、私に向かって声を張り上げて怒鳴りました。お母さんが怒るなんてめったにないことでした。次に、私はスアード女史の大きな革装の本に載っていた絵の装飾を模写して色をつけました。それは柱頭の図でした。装飾はセビーリャの城の柱頭の一部です。もちろんあなたもあの絵は知っているでしょう？　お母さんはその絵は消さず、箱を洗ったりもしませんでした。それを見つけたときお母さんは、しばらくの間ずっと、「本物……本物ね」と私に言い続けていました。兄さんはその箱を見ると嬉しそうに私の頬をつねり、もっとたくさん絵の具を持ってきてくれました。私の絵に見入っている兄さんの目は輝いていて、箱と絵を指でなぞりながら、満面の笑みを浮かべていました。私も嬉しかった。兄さんの目はますます大きく見開かれていました……その後、兄さんの目が、もっともっと大きくなって、風船のように真ん丸になるのを見たくて、私はこの装飾をまたいくつか描いて、私たちが暮らしていた部屋の隅に置きました。

あの箱はまだそこにあると思います。それが、私の最初の秘密の星の境界をなしています。そこでは、世界は美しく、色彩にあふれていました……ベッドの四本の脚で区切られた四角形の空白の中では。私はこの世界を指の間に渡したりもして、頭をもたげる必要もありませんでした。私の頭は体より高いところにあり、それに、飛べたからです。頭はすべてを見てから元の場所に戻ってきます。私の指は空を撫でてからベッドの下に戻ってきます。私は自分の両目を使って描きます。そしてときどき、『不思議の国のアリス』の猫に変身できたらなあと願っていたんです。にやにや笑いの猫になりたかった。そうして目を瞑れば、いろんなものが私のほうに飛んできて、私の最初の秘密の星、隙間の空白の中で、私のそばに付き添ってくれたんです。

私がどうしてその星から追放されたのか、わかりますか?

お母さんが枕を新調しようと決めたんです。でも、古い枕を捨てることはできませんでした。これはいつものことで、いつか必要になるんじゃないかと思って、お母さんは古いものを捨てられないんです。私たちの家は、不要になったがらくただらけでした。お母さんはベッドの下に残っていたあの一角に古い枕を詰め込みました。私は古い枕を捨てようとしたけれど、だめでした。お母さんはたとえ私を家の外に追い出すことになろうと枕をそこに置いておくと言い張って、何の説明もなく、私をベッドの下から追い出してしまったんです。

ほんの数回、そこに潜り込んで、私の最初の場所を思い出そうとしたことがあります。うちの掃除をしていて、お母さんが私たちのものを全部外に放り出し、洗剤のいやな臭いを漂わせながら部屋の床を擦っていたときのことです。ところが、ベッドの下で洗剤や石鹼の泡で遊びながら、私はあの星の存在を示す痕跡を何も見つけられませんでした。それは完全に消えてしまいました。古い枕もなくなってはいたけれど。


その後、つまり、星を失ったあと、私はその絵を描きました。そして、私の最初の秘密の星に名前をつけました。数年後の話です。私は絵の中でその星を「色つきの空白」と名づけて、すごくいい名前だと思って、大笑いしたんですよ。空白に色がつく、という発想が楽しかったんです。この新しい定義を虹にも当てはめました。いつ私はこの名前をあの星につけたんだろう、と記憶を辿ってみたけれど、いつも思い出せません。それでも私は、その絵と「色つきの空白」の物語を私の特別な紙の間に挟んでおきました。その紙は、あなたもご存じのように、今もまだうちに置いてある箱にしまってあります。うちと、私の秘密の星を区別するために、うちは「私たちの家」と呼ぶことにします。といっても、実際、前にお話ししたと思うけれど、私たちの家は……一間だけですが。

「色つきの空白」という私の星、この虹は、私の大切な秘密のひとつであり続けましたが、やがて私はスアード女史の図書室にある二つ目の秘密の星に移りました。

学校の図書室は、広い部屋に、いろんな草花の植木鉢が置かれていました。スアード「女史」――洗練された女性――はその鉢植えで窓を飾っていたんです。そのほか、図書室には本とあらゆる方角の壁面に並んだ書棚がありました。部屋の真ん中には大統領の大きな写真、その隣には同じ大きさの大統領のお父さんの写真がありました。この二枚の写真は、学校のいたるところに、それから街角にもコピーが掲示されていました。ダマスカス市内の広場の看板や家々の壁にも貼られていて、私の行く先々に、大統領とそのお父さんの写真がありました。兄さんは、国内の各地区に大統領のお父さんの彫像があると言っていたけれど、私は一度も見たことがありませんでした。

図書室で、その二枚の写真は書棚のてっぺんから天井までの壁を覆っていました。校長室には一回だけ、お母さんと一緒に入ったことがあります。そのときお母さんは、私を学校に連れてきたせいで校長先生に叱られました。私はそこでもあの二枚の写真を見ました。壁一面を大統領と大統領のお父さんの巨大な写真が完全に占領していました。大統領のお父さんも大統領だったのだとお母さんは言いました……二枚の写真は金色の額縁に収められ、清らかで、輝いていました。テレビで見るよりもはるかに巨大でした。

私が学校に行くのをやめる前、写真のある壁を除いて、もっと本をたくさん収めるために書棚の上にいくつか棚が追加されました。図書室は私一人のものではなくて、女子学生たちが利用するものでした。

それでもときどきは私のものだったので、私は自分の頭の中に図書室を運び込むことにしたんです。私の頭の中で、図書室が新たな別の秘密の星の一部になりました。五歳のときから、スアード女史が一緒に座って読み書きを教えてくれるときを除いて、私は一人でそこにいました。やむをえず図書室から出ないといけないとき、スアード女史はドアの鍵を掛けていきました。そんなわけで、授業時間中は私は……女王さまのような気分でした……よくこんな感覚に取りつかれました。まず胸を膨らませて……息を吸い込みます、あと何分かしたら死んでしまいそうな人みたいに……それからお腹を呑み込んでしまうくらいに……そして、笑い出すんです……大笑いする……そんな感覚。

秘密の星は、広い舞台に変わることもあり、私は手を繋がれていることを忘れることができました。図書室にある舞台は半円形で、書棚は、その中の本が下に降りてしまうと、舞台の大道具に変身します。私は舞台のことは知らないけれど、テレビで見たことはあるし、本で読んだこともあります。書棚の中身は私の周りに円形の列を作ります。私を取り巻く壁から書棚の中身が滑り降りてくるんです。いつ現われたのか、正確な区切りはわからないけれど、このことは間違いありません。つまり、スアード女史が図書室のドアを閉めると、書棚の中身は降りてきて歪んだ円の形に列を作ります。そしてスアード女史が現われるやいなやいなくなってしまうんです。やがて、円形の列は大きくなり始め、書棚の中身もその場いっぱいになるほど増えてきて、書棚の上に座ったり、宙を飛ぶものも出てきました。図書室の棚の前で中身自体が棚になって、秩序正しく収まるようになりました。私の周りに、書棚の中身は小さな半円形の列を作り、その周りにはもっと大きな円ができて、それぞれの円がひとつの円の中に収まるんです。渦巻きみたいに、でも整然と重なり合っていました。もとは紙の束だから、完全にページ数が揃うのを待っています。そして私とのお喋りが終わると、本の中に戻っていきます。彼らがとても行儀がよくて、互いに横入りすることがなかったことは言っておかないといけませんね。それぞれが私のところに出向いてきて話しかけ、残りはそれに聞き入っていたんです。そうして、そんなふうに……そんなふうに……。

私たちの間には暗黙の了解がありました。本は私に似ていました。舌の筋肉を動かさないし、動かす必要もない。

図書室の様子を細かいところまで思い出そうとしています。私の二つ目の秘密の星。これ以上集中できるかちょっと怪しいけれど、空飛ぶ白鯨たちと、橙色の星が群れ集まって、本の列の間で動き回っていました。本の登場人物たちはときどき姿が見えなくなります。そして、列の間に森の小道が現われ、馬たちのいななきやざわめきも聞こえてきました。森の小道の両側に散らばっている登場人物たちの間を縫って、その長い小道を進んでいくと、不思議なものが私の周りに現われ、頭の中で私はその声を聞きました。ダチョウの足をもつ鯨たち。キリンの頭をもつ猿。ダチョウの羽を生やした兎。ラクダはというと、コウモリの翼のような小さな翼が二つ、首元に生えていました……樹々から垂れている草に絡みつかれ、私は歩かず、その場に立っているだけで、小道に運ばれていきます。そうして私は世界中を回りました。図書室の中で、私は空と深海を泳ぎます。海の色は青ではありませんでした。生まれてから私はまだ一度も海を見たことがありません。海の深いところの色が、青かどうかも知りません。テレビでは青に見えるし、物語の挿絵でもそう。ところが、その私の秘密の星では、半透明に見えたんです。自分が水に取り囲まれているのを感じながら、私は泡を吐かずに呼吸していました。小道はいくつもあり、日によって変化します。私はその小道を、アダムを天国に運んでいったあの幸運の馬バマーターンの前脚につかまったり、天国の孔雀の羽にぶら下がったりしながら進み、丘や山々をひとっ飛びで越えました。手でそれらの動物を挟んでときどき匂いを嗅いでみると、臭かったので、あまり好きになれませんでした。その向こうには砂漠がありました……褐色の肌の男たちと、ラクダのキャラバン……なつめやしの樹々……私の中では、オアシスの光景とごちゃ混ぜになってしまいました。ときどきマンガの絵も出てきて……シンドバッドの冒険のオアシスとか……。

二つ目の秘密の星で、私は星の王子さまと友だちになりました。私は王子さまから、王子さまがそうしたとおりに、自分の星を建てる方法を教わりました。「僕は、星を建てなきゃいけないから」と、王子さまは混み合っている列から離れながら私に言ったんです。私は、星だ！　と思いました。すでに私は星で暮らしたことがあったので、王子さまは私にいくつか指示を与えてくれました。私たちは親友であり続けました。たぶん、親友以上の存在です。

この星はなくなりませんでした。私の頭の中に引っ越したんです。図書室で私は本を読むことを教わりました。スアード女史は、書棚の端に集められていた椅子をひとつ持ってきて私をテーブルの前に座らせ、私の背中に手を当てるとまっすぐにさせました。本を読むには、完璧に準備しなくてはいけないのよ、とスアード女史は言い、ページをめくっているとき背中を丸めてはいけないとたしなめました。

それから私に向かって屈み込むと、隣に膝をついて一緒に文字を書き綴り、それから私にペンを持たせて、読んでいる言葉を指すように言いました。そして私の手をとって、「書いてごらんなさい」と言ったんです。でも、私はペンを握ろうとしませんでした。

次の回にはスアード女史がカラーペンを持ってきてくれたので、私はそれを手に取り、途切れ途切れの言葉で文を書き、それを繰り返すようになりました。その次の回で、スアード女史は私に物語を覚えさせたんです。それは驚きでした。読むという行為が、書くという行為と相まって、口笛みたいに切れ切れにこぼれ出す音色に変わったのだから……ただ唇を動かすだけで……私がそれをデフォルメした形で描いていると、スアード女史は私を見つめ、笑いながらいつも同じ言葉を繰り返しました。

「あなた、天才よ！　芸術家の魂があるのよ！」

ベッドの下と、図書室の星のほかに、私の頭の中にはもうひとつ秘密の星がありました。この星を私は何度も絵に描いたことがあって、丸い形をしているその星を「土の星」と名づけていました。私はその中に、ほかの人にはわからない、ほかの人の前では描けないものを描いた、何ページかの紙を置きました。その星は閉ざされていて、そこには誰にも触れられない、見ることもできない紙があります。これは安心ですね！　あの星に入り込むのは至難の業です。私は好きなときに頭に手を伸ばして星を開けます。すると、目を閉じさえすればその星は大きくなって、果てしない広大な空間になるんです。そのとき、世界のほうが私の星にやってきます。私の頭の旅への出発点となった、前の図書室の星のときみたいに私が世界を旅するのではなくて……。

私の秘密の星は、どれもそれぞれに重要ですが、土の星は特に重要です。この星は、私がいなくなるまで決してなくなることがありません。これはいいことですね。私の色は、グラデーションはあったとしても、土の色に似ています。大元は土の色で、私のお気に入りの色のひとつです。

私たちは土でできたおもちゃです。小さくて、すぐ壊れて粉々になってしまうおもちゃ。私たちの体は、ちょっと触ったくらいで塵になってしまいます。私たちの手足は簡単にぽきっと折れてしまうんです。そんなこと、あなたには信じられないでしょうか。

このことを私は確信したんです。ウンム・サイードがいた家が爆撃され、ウンム・サイードのそばに爆弾が落ちて、彼女が土の半身像になってしまったときに。足のない彫像。足のないおもちゃ。前はウンム・サイードは二本の足で歩いていて、山みたいに見えて、この山を消し去ることのできる奇跡なんて考えられなかったのに。ウンム・サイードはほんの数秒で、足がない土のおもちゃになってしまいました。彼女の両目は、どこか遠くの場所を見つめているみたいに、おかしな具合に見開かれていました。両手は力なく広げられ、服はめくれて裸の上半身がむき出しになって、男の人たちに見られないように急いで覆い隠されました。私はまっぷたつになったあと上半身がどうなったのか、詳しく見てはいません。土で覆われた、渦を巻く赤い血管と、土を被せた枝でできているんだろうと想像しています。それものちに粉々になってしまいました。子どもたちやお母さんたちの死体の残りも見ませんでした。死体はあちこちに散らばっていました。たぶん、塵になってしまったんでしょう。爆弾は彼らの真上に落とされたのだから。彼らの土の体はなくなってしまいました。お母さんは、死体はうじ虫に食べられるの、アッラーが定められた墓の下の苦しみは大いなるものなのよと言っていたけれど、私はそれはおかしい気がします。なぜって、ウンム・サイードの体の半分は塵になり、残り半分はうじ虫に食われる、このことにどんな違いがあるのかしら？　うじ虫は長くは生きられず、そのあとはうじ虫自身も塵になってしまうのに。こんなことを言うのをお母さんが聞いたら、私をひっぱたいたと思います。

それはさておき、私の秘密の星は私の頭の中にあるのだと私は知っています。実物は見たことがなくて、学校の理科の教科書で図版を見ただけだけど、脳の神経の中にあるんです。その星は、洞窟のような形のただの土の部屋で、中には、私の画用紙や絵の具があって、私の絵——赤い、長く痩せた指の手形の図案——があります。土の星の中では、生き物の色には境目がなく、印象派の絵のようです。それは水の影でしかなく……目も手足も頭も互いに入り混じり、髪の房まで……水の中を泳いでいます。星から出ていくことはありません。私の星では、これらの生き物は決して齢をとらないんです。現在の姿のまま、それぞれに名前と職業があります。これらは全部私の頭の中にあります。楽しいことに、私の頭の中では、円の中に円があり、さらにまた円があるんです。物語の中には物語がある。物語はまた物語と交錯していくんです！

自分の秘密の星ができたあと、私は今、手探りでそれに触れてみます。私はそれを、「私の四つ目の秘密の星」と名づけ、今もその星を持ち続けています。今、その星はさまよっていて、すっかり私を見失っていて、私もあなたに説明できるほど十分には集中できないのだけれど。

私がいる、四つ目にして一番新しい私の秘密の星のことは、封鎖の話と一緒にあなたに話すことにします。封鎖の話は、あの「かしこいハサン」の話の中にあって、さらに二人の男の子と草を積んだ荷車の話の中にあるんですが、二つの話からひとつの話を作り出したとしても気にすることはありません。そのほうがいいんです。色の世界ではこういうことが起きます。二つの色からひとつの色が出てきます。でもその新しい色は前の二色の特徴を併せ持っているんです。ここで、言葉の世界で、それを試してみようと思います。このことが悪い影響を及ぼすことはまずありません。世界が巻き戻されても、それが雲の上の森の小道に変わる限りにおいては。

物語が、中心で交差するいくつもの円になっても心配はいりません。円は、円から出て、それから元の円を離れ、はるかなる空へと飛翔していくばかりではないんです。

その色はまったくのすみれ色というわけではありませんでした。ハサンが私を担ぎ上げて運んでくれたときの、あなたに何度も繰り返し語っているあの出来事のことです。それは、ちょっと前にあなたに話した、物語が中心で重なるいくつかの円になる話ですが、私はこれを色を混ぜることで覚えました。私が頭を下にして担ぎ上げられ、目覚めかけとすっかり目覚めた状態の間にいたときのあの物語は、同じ中心を持つ新たな円によって、今も繰り返されています。

あれはまるっきりのすみれ色ではなかったと言いました。あの色はスアード女史の画集の絵にあった空飛ぶ女の人の色に似ていました。あの絵を知っていますか？　男の人に運ばれて町の上を飛んでいる女の人の絵。たしか、画家の名前はシャガールでした、あまり自信はないけれど。スアード女史はその画家の生涯と、美術の歴史について話してくれました。スアード女史はシャガールの絵が大好きだったので、時間をかけて、私にくれた画集の絵を一枚一枚、細かいところまで説明してくれました。旅行するたびに絵を集めているから、たくさん持っているのだと言っていました。スアード女史が語るのに任せて、私は目を瞑り、スアード女史の言葉の意味と、どうしたら言葉を色にできるだろうということを考えました。その絵は、私が自分の箱の中にしまった本にありました。あの絵だけじゃなく、同じ画家のほかの絵も。もし私が画家になるべく運命づけられていたとしたら、この画家が描いたみたいに描くだろうと思います。彼は色について私が考えるのと同じように考えているから！　お母さんは、スアード女史は同情心からそういうことをするんだと言って、こういう本が私たちの家に積み上げられていくのに腹を立てていました。私は、男の人の手をとって空を飛ぶ女の人の絵に、宝物を持っているような気分になりました。

絵は夢にまで出てくるようになりました。私は同じ絵を描きました。何度も何度も描きましたが、もっと小さな絵です。その一枚をスアード女史への贈り物にしたら、スアード女史は茶色い木製の額縁に入れて、自宅の壁に掛けてくれました。あなたがあの絵のことを知っていたら、私が言おうとしていることを、なぜ今その話をするかもわかってくれるはずです！　あのすみれ色の瞬間、あの絵みたいに私はハサンと一緒にぶら下がっていました。違うところと言えば、女の人と一緒に町の上を飛んでいる男の人は緑色の服を着ていて、女の人はハイヒールを履き、青いドレスをまとっています。頭には何も被ってなくて、頭を上げて飛んでいるんです！　女の人は片手を前に伸ばし、まるで二人で動きを揃えて泳いでいるみたい。スアード女史は、二人は飛んでいるのだと言いました。私は何も言わず、スアード女史の前で頷くことすらしなかったけれど、心の中では、二人は町の上空を泳いでいると言っていました。

私とハサンも、あの泡から漂ういやな臭いの中を泳いでいました。私の頭も手もだらりと垂れ下がり、青みがかったすみれ色はあの絵と同じ色でした。

あなたはハサンを知っていますか？　たぶんあなたはハサンと知り合いだったはずです、友だちだったかもしれません。ハサンはグータの人なんです。そう言っていました。彼がドゥーマー──「一番新しい秘密の星」、この地下室がある場所のことです──の出身かどうかは知らないけれど、ハサンは自分はグータの若者たちの一人だと言っていました。私は彼に「かしこいハサン」という名をつけました。私はその物語が大好きで、何度も繰り返し読んだんです（「かしこいハサン」はアラブ世界で有名な機知に富んだ漁師ハサンの活躍譚）。毎回違った話で、物語ごとに異なるハサンが出てくるんですが、どの話でもハサンは必ず助けてくれるヒーローなんです。王子であろうと、乞食であろうと……それは見かけだけのこと。服を変えるだけでいいのだから……『王子と乞食』の話は知っていますか？　私はおかしな話だと思います。どうして乞食が王子に変われるんだろうって。そういう話ではあるけれど。最近になって私は、自分は乞食と呼ばれる人たちの側にいるんだと知りました。もし私の足をほかの女の子の足と交換できたらどうなるんだろうと思うことがあります。私たちの死は違ってくるんでしょうか。

どんな死にも色がついていたとしたら、死は美しくなるはずです。死は、色を隠してしまう帽子です。私は、お葬式は、それぞれの死者にふさわしい色のついた儀式に変えたほうがいいと思っています。この地下室の墓石にも、亡くなった人に似合う、生前に本人が決めておいた色をつけられるかもしれません。大変な話だけど。誰もが自分にふさわしい色を考えないといけなくなるから。それに、誰が色の法律を定めるかわからないし、目を覚ましたら、突然目の前にその法律があって、これこれの色の意味はこうだと告げられるかもしれません。誰がその意味を決定するというの？　私にしてみると腹立たしい話だけれど、そうなったとしたら、かしこいハサンにふさわしい色を考えるのに役立つかもしれません。彼にふさわしい色は何色？　今、私の手の中にいきなり絵の具が現われて、ハサンの絵を描けるとしたら、何色になるでしょう。ハサンは、下書きなしで絵の具で直に描かないといけません。鉛筆や消しゴムは要りません。ベッドの下で私が戻ってくるのを待っている絵の具さえあれば。絵の具が手に入ったら、私はかしこいハサンにふさわしい色を見つけるつもりです。それは、私の秘密の画用紙に残しておいた、私だけの色を混ぜた色になるはずです。あなたが知らない色。私はその色を通して、私だけの色を知ろうとしています。いつの日か、私は必ずそれを見つけ出します。たぶん、私が大人になったときに。私は見つけられるはず。私はここを出て、自分の色のところへ行くんです。

今、私の脳裏には、ハサンの二つの姿が残っています——私の記憶から、彼のわずかな姿は全部消えてしまったけれど——ひとつは、いやな泡が空から降ってくる中、私を抱えて走っているハサンの姿で、私は壁を染める青みがかったすみれ色に気づきました。ハサンは人々に爆撃地点から離れるように怒鳴っていました。もうひとつは、地下室から皆が出ていってしまって、私だけが取り残されたあと、いらいらしながら勢いよく歩き回っているところです。ハサンは、私が知っている、心臓を肋骨から抜き出して地面に投げ捨てる炎の串に似た、あのまなざしで私を見ていました。あのとき、私は窓辺に立って、建物の間に現われた縦長の線の空を眺めていました。もし隙間があまり広がっていなければ、この線は現われなかったはずです。日ごとに縦長の空のかけらが見えるようになり、建物は見えなくなっていきました。

ハサンは地下室の床からいくつかのものをかき集め、ここを出る準備をするようにと私に大声で言いました。

君を俺の親戚の一家のところに置いていく、サアドから君を託されたけれど、もう毎日面倒を見られない、とハサンは言いました。彼はほとんど一息に、睨みつけるような目つきで私を見据えながらそう言ったんです。

サアドというのは、兄さんのことです。兄さんはサアドという名前でした。まだあなたに教えていなかったけれど。ハサンは同じ台詞を繰り返しました。

爆撃が近づいていました。そして、私は生まれて初めて、ほかの女の子たちと同じように生きていこうと考えたんです。私はここで彼と一緒にいたい、このかしこいハサンと一緒にいたい。私はそれ以上のことは望みませんでした。私は歩くのをやめるだろう、とも考えました。私は自分の足を思いどおりにできる、私は彼のそばで立ち止まっていたい。このことを彼に伝えたいと思いました。舌の筋肉も動き始めていました。私にはそれができたんです。お母さんの顔にかけて誓います！　でも、ハサンにそう話し出す機会がなくて、私の手を繋がなくてもいい、あなたのそばに立ち止まらせてほしい、と伝えることはできませんでした。爆撃の轟音を聞きながら、ハサンは怒っていました。体がこわばってしまい、私はプラスチックの敷物の上に座って、ハサンを見つめていました。

彼の左肩には中くらいの大きさのカメラが下げられています。もう一方の肩には武器が掛かっていました。ハサンは、これから外に出るから、頭にヒジャーブを被るようにと言いました。

そのとき、私はハサンを見ました。ハサンを見つめるのは怖くありませんでした。私はハサンの顔を記憶しました。私たちはそんなふうにして、ぶら下がったままでした。私たちは――私とハサンは――世界の両端に掛かった目に見えない紐で結びつけられ、ぶら下がっていました。

ハサンは近づいて私と向き合いました。髪を垂らしたまま、私は立ち尽くし、ハサンを見つめていました。どうしたらいいかわかりませんでしたが、私は空中高く浮かび上がり、ハサンが私のそばにずっといてくれますようにと神に祈願をかけたいと思いました。

そのとき、神が慈悲深き御方であると私は悟ったんです。きっとお母さんが前に、「神は慈悲深き御方」と口にしたときに、伝えたかったのはこのことだったんです。かしこいハサンは神の慈悲でした。あの瞬間がなければ、私は今あなたに宛てて書くことはできなかったと思います。

私は手を伸ばして、紐の結び目を解いてもらおうとしました。でもハサンは、とまどったように私を見るばかりでした。彼は紐の結び目を解いてくれませんでした。もし解いてくれていたら、もちろん私はハサンのそばに残るつもりでした。数分の間、ハサンは私を見つめ続けていました。彼の目が赤くなっていき、爆撃は激しくなっていきます。私はハサンのほうに手を伸ばし、ハサンは私の目をじっと見つめていました。ハサンは私に落ち着いてくれと言い、それから歯を使って紐をもっときつく締めました。そんなのはいやだと首を振ると、ハサンは自分の手を指差しました。私は強く頷いて同意しました。そうして何度も頭を振ると、ハサンは大声をあげて離れ、まくし立て始めたんです。

ハサンは長い時間喋っていたけれど、私にはほとんど理解できませんでした。低い声で、罵ったり恨み言を言ったり悪態をついたり、独り言ばかりだったからですが、それでもいくつかの言葉から、彼は私のために戻ってくる、そして、彼は私を守る、私は何も恐れることはないのだと理解できました。

ハサンは座り、持ってきた黒い袋を隅に置きました。両手で頭を軽く押さえてから煙草に火をつけ、すぐに吸い始めました。まるで絞り出そうとするかのように、唇に煙草の端を挟んで、せかせかと煙草の灰を落とす。唇が震えていました。

爆撃はやまず、やがて間隔が開いてきました。ハサンは私には目もくれず、ようやく煙草を吸い終わると、吸い殻を遠くに投げました。私は彼の真正面に立っていました。吸い殻が投げられたのと同時に、ハサンの体全体がはっと動きました。吸い殻は紙の包みの向こうに消え、一匹のネズミが黒い袋の間を走り抜けてそこに隠れました。ハサンはいきなり発砲しました。

ライフル銃を撃ったんです！

突然の銃声でしたが、それはごく自然に起きました。それまで私は、銃声を近くで聞いたら耳が聞こえなくなってしまうと思っていたけれど、ごく自然にそれは起きたんです。薬莢は私の前にあり、私はその場で身じろぎもせずにいました。指が動くようになると、私の足は歩くことに決めたので、私はその場で歩きました。私の頭は震えていました。階段を昇ろうとしたら、ハサンが私を捕まえて、元の場所に戻しました。ハサンは私の髪を撫で、謝ると、私を抱き寄せました。

彼はまだ震えていました。銃声が耳の中でまだ響いています。ハサンの唇はただ震えていて、その口からどうにか文字がこぼれてきます。彼は私のそばに座り、話し続けました。私は落ち着いていました。君の足が疼くので私は歩きたかったけれど、ハサンは、口がうまく回らないまま、話し続けていました。君を助けに戻ってきた、と彼は言いました。ハサンの目を見つめると、彼は目を瞑りました。それからハサンの手に自分の手を重ねると、彼は手を引っ込めずにいました。

私は、不思議の国でアリスが魔法の飲み物を飲み、お菓子を二、三口食べたときみたいに、自分が成長して頭が地下室の天井にぶつかるほど大きくなっていくのを感じました。彼は目を瞑ったまま、話し続けていました。

私は、ごく簡単にかいつまんであなたに話しています。それは、これまでの人生で起きたあらゆることの中で、唯一正確に細部まで思い出せることなんです。私はあなたに、彼のまつ毛がどんなふうに揺れていたかまで話せますが、これは大事なことじゃありません。なぜって、私はふたたび彼に会えるだろうから、これより細かいことまで思い出す必要はないんです。

私は大きくなっていきました……なおも成長し続けて、全世界が消えました。私はこの地下室のすべての空間を支配するようになりました。ハサンは私の手を握って、口ごもりながら何かを言いました。私は彼の指をぎゅっと握りしめて頷きました。すると、ハサンは手を引っ込めました。彼は怖がって後ずさりしたんです！　そして急に悪夢から目覚めた人のように、私を冷たい目つきで見るとまた後ずさりしました。ハサンは黒い袋をかたわらに放り捨ててこう言いました。

「俺たちはいつ死んでもおかしくない。ここの外の親戚の家に君を連れていきたいんだ。そこならこんな爆撃もないだろうから君も安全だ。一日か二日したら戻ってくるから、心配するな……それでいいだろう？　君を俺の……手に繋いでおかなくちゃ……サアドからそう指示されているから。俺は君を見捨てたりしないから。約束してくれ。俺の言うとおりにしてくれるって！」

それからハサンは同意の印に頷いてみせて、私の目を見つめ、自分と同じようにするように促しました。私はハサンのその言葉を、……一言、一言を！……記憶しました。

私は顔をそむけると、その場に立ち上がり、窓に結びつけられた紐を引っぱりました。ハサンはまた怒鳴りました。

「言うことを聞いてくれ……君に選択の余地はないんだ」

ハサンが私に近づいてきて、高い窓の鉄柵から結び目を解こうとしたので、私は彼を押しのけ、叫び声をあげました。そのときまた爆撃が始まりました。私たちのすぐ近くでした。ハサンは言いました。「死にたいのか？　ここじゃ本当に簡単に死んでしまうんだぞ……ここから出ていこう、急げ！」

私は首を振りました。

また爆撃がありました。ハサンが言いました。「数分で戻ってくる。俺たちはすぐに出ていかなくちゃいけない。……写真を少し撮ってくる……数分で戻るから……俺と一緒に来なくちゃだめだ……そういう指示なんだから……従わないわけにはいかないんだ！」

ハサンは出ていきました。

私は結び目を解こうと決意しました。ハサンのいない間に結び目を解くことにしたんです。その前は、自分が繋がれている紐の形を知ろうとしたことすらなくて、じっくり見たこともありませんでした。過去数年の間に紐の跡が赤い腕輪みたいになったのを意識しようともしなかったんです。それは私の肉に開けられた穴みたいで、薔薇色に近い明るい赤色をしていました。お母さんが結び目を解いてくれたときも、その痕は私の両方の手首に残っていて、お母さんが片方の手からもう片方の手に紐を移している間もずっと私は、紐で手首が擦れてできた赤い腕輪を触ろうとすらしませんでした。それは私の手の一部になりつつあったのかもしれません。

カメラを手に、ハサンは地下室のドアから出ていきました。私が最後に見たのは彼の手の指で、地下室のドアが閉まると、見えなくなりました。

私はここに一人でいます。どのくらい時間が経ったかわかりません。シャツもズボンも脱いで、柔らかい袖なしの長いシャツ一枚で過ごしています。そのシャツの色は黄色。その上に短い上着を着ています。黄色いシャツの役割は、私のお尻を隠すこと。これはシャツだけれどチュニックくらい丈が長いので、膝まで届くんです。女の人たちの一人が、黒いズボンと一緒にくれました。ここの人たちは物惜しみしないので、手持ちのもの、特に古着はほかの人にあげてしまいます。大通りに投げ捨てられた古着は、ごみと混ざって道じゅうに散らばっていました。

私のシャツは新しくて清潔だけど、お母さんが「泥棒市場」から持ってきていた服より状態がいいわけじゃありません。今着ている服には染みがあるんです。でも、日中に輝くような布地の色はまだ褪せずに残っていて、太陽の光が当たると火の色みたいに見えます。太陽のせいで自分が日焼けしてしまったとしても、私はこの服が太陽の光を浴びているところが好きです。

お母さんは普段、私の好みじゃない色の服を着ていて、物の管理については変わった習慣がありました。お母さんの服の色は正確に覚えています。お母さんの顔は暗い赤みがかった色で、髪の毛は茶色と白の間で、ウェーブがかかっていたことくらいしか覚えていないけれど——お母さんには若いうちから白髪があったんです。白髪が目立つようになってきても、お母さんは白髪染めに頼りませんでした。一度だけ試したら、細く絡み合った赤い毛束が乗った黒い輪っかみたいになりました。お母さんは、この齢で赤毛は似合わない、うちの生活では高くつきすぎる、それにこんなことをしても人生は何も変わりっこない、と言って二度と髪を染めませんでした。

お母さんの寝間着に対する気遣いには私も興味を惹かれました。すごく熱心に寝間着にアイロンをかけていて、色もうっとりするほどきれいでした。眠るときには、色鮮やかで清潔でアイロンのかかった服を着るのに、外出着にはそんなことはしないんです。私が今、太陽の光線と黄色いシャツの話と一緒にお母さんの寝間着の話をしているのは、お母さんがちょうどこのシャツみたいな色の丈の長いガウンを持っていたから。あのガウンのことなら細かいところまで覚えています。ガウンの黄色は、地下室の窓越しに射し込む太陽の光に照らされたシャツの色と同じですが、手触りが違いました。私の指が覚えています。去年まであのガウンはうちに掛けてあったけれど、その後、お母さんが家の掃除に使う小さな雑巾にしてしまいました。

何かの音が聞こえたときに備えて、服を着ておかないといけません。ハサンが私を見て気まずい思いをしないように。彼がまた降りてくるまでに、どうにかする時間はあるはず。そのうち彼の足音が聞こえてくるはずです。

丸一日、横になっています。太陽の光の下で、輝くような黄色いシャツを着ていたら具合がよくなってきました。ときどき眩暈はするけれど。

眠っているときに目が回ると、私の頭はその円の中心になり、何もかもがその周りを回ります。頭がくるくる回っている間、私は二回ほどうとうとし、ひどい頭痛で目を覚ましました。まったくの暗闇で、空は奇妙な光を帯びていました。月は見えません。新しい月に入って、満月が見えなくなったのかもしれません。ここでは、空はいろんなものの影に光を投げかけます。

何かが私の太腿の間を這っていましたが、柔らかくて小さかったので、怖いとは思いませんでした。くすぐったかった。私の体に触るか触らないかだったので、それが何かを調べる必要もありませんでした。湿り気と甘やかな涼しさを感じて、もう一日、私は目を覚まし、力を回復することもできました。このおかげで私は、太陽の光が射し込んでいても、私のシャツの黄色以外、周りには白と黒の二つの色しかないことに気づきました。

サアーリビーの本に「色とその跡の種類について」という章があるのを知っていますか？　想像してみてください。彼は色の意味を説明しているんですが、白と黒は他の色とは違う格別の関心をもって採り上げています。あのとき、服を脱いだあとで私は力を回復し、あの章で読んだ内容は正しかったんだと実感しました。あの章には、白に当てられる数十の特性があって、どの特性も、私にさまざまな白を想起させる単語と結びついているんです。このことが何を意味するか、あなたにもわかってもらえるでしょうか。それは、私がひとつの白から、無限の色を描き出せるということです。

白——高貴な白ラクダのように無垢《ヒジャーン》な。混じりけのない《ハーリス》。澄み透った《ナースィウ》。綿やラクダの脂肪のように澄んだ《ヤカク》。白牛のように純白《ラヒク》な。清白《ワーディフ》な。

——サアーリビーが書いた白を意味するたくさんの言葉を、今、全部は思い出せません。かつて私は言葉を、それに付随する言葉から意味を理解して一緒に覚えたものです。自分の名前が、羚羊の特性にある白の色合いのひとつを表わすということも（彼女の名前「リーマー」は「白い羚羊」を意味する）、この本で白について調べているときに見つけたんです。私の名前は、色の意味と特性のひとつでした！

昼の間、私は白の意味を考えて遊びます。夜になると、黒の意味を考えて遊ぶんですが、夜の間は書くことができないから、それはかなり大変でした。夜の黒さは漆黒《アドラム》——甚だしい黒のこと——と暗影《ザッル》の間で、そして埃が立ち昇ると灰黒《アルバド》になります。それから夜が明けてくると、落ち着いてきます。私は、夜が明ければ夜の黒さは青みがかってくると思っていたけれど、実はその黒さは赤黒色《アフワー》で、黒と赤の間なんです！　これは不意打ちでした。あの本で暗記した色の意味を、もう全部は思い出せません。私は色の特性それぞれの絵を描きました。あなたもそうじゃないかと思っているとおり、それらの絵もまだ私の箱の中に入っています……あの本もです。本に書かれていたことの多くは忘れてしまったけれど、あの本は私が絵を描くときに使っていた唯一の本なんです。意味や特性は、絵を描くときに私を助けてくれました。私が『不思議の国のアリス』を翻案してみようと思い立ったときも、あの本の助けを借りたんです。これからそのことについて話しますね。すっかり目が覚めて、具合もよくなってきました。

以前から、私は『不思議の国のアリス』の旅には足りないものがあると思っていました。それは空飛ぶ魚です。もし私があの物語が書かれた時代に生きていたら、アリスが歩いていく森の小道に空飛ぶ魚の群れを加えるべきだと作者に提案したと思います。魚たちは不意に現われたかと思うといなくなり、アリスの頭の周りを女の精霊《ジンニーヤ》のように回り、森の上空に泡を吐き出します。これらの泡は色がついていないといけません。魚はそれぞれの色がついた泡を吐き、それが森に射し込む光になる。そこがあの物語に欠けていたところです。空飛ぶ魚はときどきいなくなったりまた現われたりします。空飛ぶ魚の翼からは、小さな泉のような水があふれ出て、上昇して、それから魚の口の中に流れ込み、魚たちは翼の下に海を蓄えて運んでいきます。……これがあってこそ、物語は完成するんです。

私はアリスの物語に加えようと決めた魚の絵を描き、サアーリリビーの本の助けを借りて色の特性を探しながら、それぞれの魚に名前と姿を与えました。魚は四匹だけです。その魚たちもベッドの下の箱の中で私を待っています。私は自分で描いたたくさんの物語に、自分が創り出したいと思ったものを付け加えてきました。

『星の王子さま』の物語では、作者はさらに別の星の群れも加えてくれたらよかったのに、と思いました。ばらばらな大きさで、王子さまの星を取り巻く、秒針の音が自転の動きを統制する巨大な時計のような星の群れ。想像してみてください。巨大な時計の形をして、針とベルがついた星の群れを。……王子さまは、そこをすばやく通り過ぎるだけでいいんです……私は時計の星々と、王子さまの星には関係があると思います……できることなら、私はその物語を完成させるはずでした。私はまだ巨大な時計の絵しか描いていません。それは、今も私の箱の中に残っています。

白と黒に向かって目を覚ましたあと、私はもう一度歩いて、動き回って、力を保っているだろうと思っていました。でも、それはほんの数時間しか続きませんでした。今、私は前と比べて少ししか書けなくなっています。もう私が前のように絵つきの文字を描いていないことに、あなたはとっくに気づいていますね。それはできないんです。一本きりの私の青いペンのインクが尽きてしまうのが怖くて。この紙の束の最初のほうで、私がいつも使っていた絵つきの文字を忘れないでください。ハサンが帰ってきてこの場所から出ていくまで、私のこのアルファベットはもう書くことができないと思うけれど、私だけのアルファベットを覚えていてほしいんです。このアルファベットを使って、私は絵入りの物語の一大シリーズを書き上げました。兄さんが読むのにだいぶ苦労していたので、ついに私はアルファベット解説用の特別ページを書いて色をつけました。

兄さんは一回分の物語を読んでくれて、毎日私が書いたり描いたりしたものを読むのを楽しみにしてくれていたけれど、やがて忘れてしまいました。私は、兄さんが忘れていくのを黙って見つめていました。

今度はあなたのために、兄さんに説明したのと同じように、順序正しく私のアルファベットを並べていきましょう。

أ《アリフ》 文字の最後に片翼の鳥が描いてあります。
ب《バー》 文字の最後に双翼の鳥が描いてあります。
ت《ター》 文字の最後にマッチ棒が描いてあります。
ث《サー》 三つの点の上に傘がつけてあります。
س《スィーン》 文字の最後に脚の長いベッドが描いてあります。
ج《ジーム》 ح《ハー》 خ《ハー》 文字の最後に手の指が描いてあります。
د《ダール》 ذ《ザール》 文字の最後に、三角形が先についた矢をつがえた弓が描いてあります。
ر《ラー》 ز《ザーイ》 文字の最後に新月が描いてあります。
ع《アイン》 غ《ガイン》 文字の最後に、四枚の花びらがある花が一輪描いてあります。
ط《ター》 ظ《ザー》 ض《ダード》 文字の最後にウワバミが描いてあります。
ل《ラーム》 文字の最後に、首にスカーフを巻いた小さな男の子の姿が描いてあります。スカーフは風になびいていて、男の子は小さな星の上に座っています。
م《ミーム》 文字の最後に帆かけ舟が描いてあります。
ن《ヌーン》 点の上に太陽が描いてあります。
ه《ハー》 文字の上に帽子と蝶々が描いてあります。

و《ワーウ》文字の最後に、長いまつ毛のある大きな目が描いてあります。
ي《ヤー》文字の上に、髭を生やしたにやにや笑いの猫が描いてあります。

お気づきかと思いますが、前はこのアルファベットを使って書いていたんです。今は、使うのをやめてしまいました。単語の最後の文字にだけ使っています。単語の途中や書き始めは、普通の形で文字を書いています……こんな書き方じゃ、言葉がページの空白の中で泳いでしまいます。あなたもそう思うでしょう？　気分がよくなってきたので、私のアルファベットを思い出すことができました！　暑いし、太陽は燃え盛っていて、夜になれば服が体に張りつかないように服を脱がないといけないし、赤いぶつぶつが痒くてたまらないけれど。

このところ、夜になると裸でいるので、お母さんが何度もやってきていました。夢の中でお母さんの顔はぼやけていますが、それでも私にはお母さんだとわかります。私のそばに立つと、私の手首と自分の手首を繋いで、それから駆け出して私を引きずるんです。私はお母さんの後ろで転んでしまったけれど、叫んだりはしませんでした。

夜、私はシャツのボタンを外します。私の胸は相変わらず大きくて、体に重たく垂れ下がります。肌も変わりませんが、べたべたして、酸っぱい臭いがするようになりました。私は自分の体から滴る汗の玉を味わいます。自分の体から水を飲めるほどでした。手のひらで汗だくのお腹を撫でると、指をしゃぶるんですが、塩辛い味がして、ますます喉が乾いてしまいます。日中は、私の体は赤くなります。赤く膨れたぶつぶつがお腹に出てきます。夜の間、私は窓を眺めながら、それを触っていました。

ときどき窓辺に来ていたあの犬は現われなくなりました。私は待っていたのに。ハサンは、この地区は危険だ、絶えず爆撃にさらされているから誰も近寄らないと言っていました。この二日間、私は爆撃の轟音を聞いていません。

それなのに、どうして人々は現われないのかしら。

もう二度と、叫び声をあげられないなんて、私は思ってはいないでしょう？

私は、叫ばなくては！　昼には書き綴って、耳をつねり、舌を噛んで、自分がまだ生きていることを確信しなくては。

私は、最後の林檎の種を三粒かじりました。赤い林檎で、すっかり干からびていたけれど、長い間私はそれを噛み続け、苦みを味わいました。あと一日きりで、その林檎もおしまいです。それは、ハサンが持ってきた袋に入っていた最後のものでした。私はもう一枚シャツを着て、シャツの下のお腹のところに林檎をしまっておきました。ところが、朝になると私の黄色いシャツはびしょびしょになっていました。夜中にひどく汗をかいて、林檎は転げ落ち、私の足元で止まっていました。

服の布地が肌に張りつかないようにしないといけません。私の周りを這いまわっている虫に刺され、悩まされるようになりました。夜の間に私はおねしょをしてしまい、私の中にあるものすべてが焼けつくようです。太腿の間も火傷したような感じがしました。蝿はいなくなり、代わりに柔らかくて小さい、飛ぶ虫が現われました。いつも私の周りを飛んでいるわけじゃなくて、あちこちで集まり、群れになって動くんです。

でも、ある朝、起きたら——それがいつだったか、もう思い出せません！——あの柔らかい虫の群れが私の頭の真上にいて、ついに私はその一匹を食べてしまったんです。私は激しく咳き込み、ぜいぜいと息をしながらその虫を飲み下しました。眠っている間もその虫の感触が唇の間に残っていました。恐ろしくなって、あの虫を飲み下して窒息しかけたあとは、明くる日の夜まで一睡もできませんでした。ハサンはまだ来ません。私の頭の中からすっかりいなくなってしまいました。今、私が気にかけているのは、自分の黄色いシャツと、赤いぶつぶつだらけの湖になってしまった肌の手触り、それと燃えるような頭皮のことだけです。起きている間じゅうひっかいていたけれど、その時間は短くなってきました。私は長い時間眠り、少しだけ起きています。もうあなたに細かいところまで全部書き綴ることはできません。私にはもっとたくさんの物語があったから、あのスーパーボールの中の小さな鏡のかけらみたいに、また回れ右して前の話に戻ろうと決めていたけれど、今では難しくなってしまいました。具合が悪くて、黄色いシャツも汗の雫と昼間の燃え盛る太陽と一緒に肌を焼いてきます。

それでも、昼間は横になりながら、すっかり色がなくなって、埃の色にしか見えなくなったプラスチックの敷物を眺めていました。スポンジの薄いマットレスの上に横たわる自分の体を見ていました。奇妙な話ですが、私は初めて自分の体を見て、他人の目にはそう映っているだろうと思っていたほど、自分は醜くはないんだ、と気づいたんです。不可解なことが起こりつつありました。足に麻痺を感じ始めたんです。もう足を動かすこともできなくなったんだと思いました。でも大丈夫。とにかく今必要なものは、からからに乾いた喉を潤す数滴の水。もう一度、黒い上着を着ておきます。きっとハサンは突然帰ってくるはずだから。

長い時間、眠っていました。空を見ても塵が舞っているだけで、飛行機が何をしているかはわかりません。機内に座っている人には、地面が見えたり、家々が視界に入ったりするそうです。私は眠っている人々の姿で家々を描き、山も同じように描きました。山はもっと深く眠っています。家々には耳と唇があり、山には巨大な鼻と飛び出た目がありました。私が考えていたのは、家や山の目からは飛行機はどんなふうに見えるだろうということだけでした。その逆ではなく！

眠る山を描いてみたことはありますか？　上には飛行機、下には家。ただの一軒家です。物語の中で私たちが描くような、家並みの中の一軒ではなくて。私が考えたのは、二本の平行線でできた家です。壁はガラスでできています。もし今、画用紙からこの家が出てきて、私がそれを形作り始めたら、私たちが住んでいた家にも、私が見知っているひしめき合った家々にも、街区にも似ないはずです。一軒家。隣同士でくっつき合った壁もないから、お隣さんがおしっこしたり怒鳴ったり下痢をしたりする音が聞こえることもないんです。私の夢の家は、スアード女史の図書室みたいな形になるでしょう。ガラスでできた壁には、全部私が色をつけていきます。ハサンが戻ってきたら、私が考えていることを伝えるつもりです。ガラスの壁と書棚の間の空間は、色つきのガラスを通って光が射し込むように空けておきます。そして私は、書棚の下や、整然と並べられた本の主人公たちの中にいて、そこには紙の束がたくさんあるんです……色鉛筆もたくさん。

今、飛行機が空を旋回しています。

飛行機は、私が今何を考えているかを知りません。

飛行機の中に座っている人は眼下の家々を眺めています。きっと眺めてはいません。

空から家並みはどんなふうに見えるかしら。

家々は、灰色だけになるのかしら。

ハサンが語ってくれた封鎖の話をあなたにしたかったけれど、彼が言ったことを細かいところまでは思い出せません。あのとき、ハサンは口ごもっていました。そして私はアリスのように、成長して、大きくなっていきました。私はまた、集中力を失いつつあるのだと思います。

本のことを考えます。この長い時間に書くべきことについて……長い時間……終わることのない……。

二日間、書きませんでした。

私から色が飛び立っていきます。私は今、秘密の土の星にいます。地下室のドアを激しく閉めたときの、ハサンの指のことを考えています。

二日ぶりに重い体を起こすと、地下室の中を歩いてみました。歩きに歩きました。窓の鉄柵を叩いても、結び目は解けません。私は地下室の四隅と紙の包みの周りを歩き回りました。手には私の青いペン。ほとんどインクが尽きかけていますが、まだ書けます。ペンを手首と紐の隙間に挟んで、歩いています。そして結び目を解こうとしたけれど、解けません。私は速足で歩いています。紙の包みの上に飛び乗って、誰もいない通りを眺め、それから地下室の床を見ます。むき出しのセメントのかたまりです。ここにあるものすべてに埃が積もっています。暑い中、首筋をじりじり焼いてくる小さなスポンジの枕にも、プラスチックの敷物にも、紙の包みにも。私はペーパーナイフを持って、ボール紙の包みを解いてしまうと、地下室の床一面に白い紙を撒き散らします。床がずっときれいになったので、私は紙をばら撒き続けます。ボール箱の合間で見つけた錆びたペーパーナイフで壁を彫っていくと、がりがりと音がして嬉しくなります。セメントの壁に刻まれた線は白い色をしています。たやすく絵が描けます。たやすく壁に彫り込めます。ここの壁に私は恐怖も描いています。たぶん今、私は想像しているんだと思います。確信はないけれど、書くことはただ恐怖のみだと想像しているんです。そして恐怖にはひとつも色がない！

化学兵器が残していったものの色を、表現できる文章が、あるというの？

それは青い色をしていたの？　青みがかった灰色？　透き通った青？

私はその色をすみれ色と表現しました。でも！　まるっきりそのとおりの色？　青と緑が混じり合うときの水の色！　それは家々の壁に残ったガスの痕跡の色と同じ色なの？……これが恐怖の色なの？

私はいなくなってしまうの、死んでしまうの？

私の足は地下室の中でも歩くのをやめようとしません。

私は疲れています。

私は歩くのをやめません。

体が壁にぶつかっても、足が止まらないんです。

ここで、私の周りを回っているものはすべて灰色です。あの小さな二人の男の子でさえ！　二人とも灰色でした。あの子たちの話はまだあなたにしていなかったかしら？　忘れていたかもしれません。喉がひどく乾いています。でも、私はまた目覚めました。

何日か前に、二人の男の子がしょっちゅうやってくるようになりました。最初のうち、私は二人に声をかける勇気が出ませんでした。でも数日前、私は彼らに声をかけてみました。二人は私を見ると、逃げてしまいました。

それまで何日かの間、私は二人が小路を通り過ぎるのを眺めていました。二人は草を積んだ小さな木製の荷車を引いていました。二人が話し合ったりささやいたりするのを聞いた限りでは、片方は十歳でもう片方はそれより年下だと思います。年上の男の子は背中に棒を担ぎ、ライフル銃みたいに体に括りつけています。その棒は細い木の枝で、真ん中辺りに曲がった枝がいくつかあって、小枝が一本だけ、ほぼ直角にまっすぐ伸びていました。

年上の男の子は、直角に伸びた枝の上に人差し指をかけていました。二人は笑っていました。木製の荷車には草が山積みにされています。それは三輪車で、前輪は大きく、後輪二つはひと回り小さいものでした。どうして荷車に草を積んでいるのかというと、ハサンによれば、人々は地面に生えている雑草を食べているからです。封鎖は苛酷だ、とハサンは言っていました。二人の男の子はがれきの山の間を移動しながら、笑っているようでした。

二人は、小さな男の人たちでした。男の子たち、じゃありません。これをどう説明したらいいのか、二人は機敏に動いていて、その身のこなしが大人の男の人みたいだったんですが、つまるところ、二人はまだ男の子でした。

ある暑い朝、私は二人を見つけました。ここでは朝も窒息しそうな暑さで、空は青く、私が繋がれている窓越しに、陽光が射し込んでいました。指を伸ばしてみると、見えなくなりました！　本当に！　指が見えなくなりました。

物音がして目が覚めました。小路の倒壊した建物の前であの子たちが動き回る音でした。

太陽の光は、炎のような熱さではあるけれど、私に生命を与えてくれます。光線の中に現われる粒子が、私の頬を撫でていきます。

二人の男の子の動きと太陽の光のおかげで私は飛び起きました。二人は、あの犬が手のひらを咥えて出てきた建物の隣の建物にいました。年下の男の子は、がれきの山から突き出た蛇みたいな鉄筋の間にいます。蛇といっても、『星の王子さま』のウワバミには似ていません。年上の男の子は、皿や鍋を掘り出してそばに放り投げ、年下の男の子は鉄筋をいくらかかき集め、膝の辺りに乗せていきます。「これで母ちゃん、ホブズの袋を買えるよ」と言って、それから笑ってお兄ちゃんを――二人は兄弟だと思います――指差しました。

そうして、顔いっぱいに喜びをあふれさせて飛び跳ねました。

もう片方の男の子が笑いました。その子は青いズボンと赤いシャツという姿で、日光の下で服の色が輝いていました。年下の子は汚れた服を着ていて、上半身はほぼ裸で、がりがりに痩せていました。見るからにきつそうなTシャツを着て、お腹が丸見えでした。体も髪の毛も埃にまみれて、がれきの山に飛び込んでは鉄筋を放り投げていきます。その子は、がれきの山から下りると両手の埃を払い、雑草をほんの一握り――野生のチコリだと思います――手に取りました。それから草をかじりながら、この地下室を見て私のほうを向いたんです。窓ガラスは割れていましたが、その子は長いことこっちを見ていました。

私は壁の陰に隠れました。壁にぴったりと身を寄せました。壁を叩けば、二人に助けを求めることができたはずです。私の舌の筋肉は動きませんでした。あの子たちが行ってしまったら、私はもう一度目を瞑るつもりだったのに、地下室に何がいるのか二人がしつこく知りたがったせいで、私は壁に釘づけにされて、息も止めていました。沈黙がこたえました。空に飛行機の跡はありません。虫たちのぶんぶんいう音すらしません。蠅が三匹、地下室の中を飛び回って、羽音を立てているだけです。三匹のうち一匹は大きく、青に近い色をしていて、この地下室では巨大に見えました。たぶん何か食べ物があるんでしょう。

年下の子は地下室の中に頭を突っ込んで、手前のほうやボール紙の包みを見ていました。もし壁の下のほうを見たら、私を見つけられたはずですが、男の子は後ろに下がってこう言いました。「ここには何もない」

もう片方はいらいらした様子で、「行くぞ……母ちゃんが怒り狂う前に帰ろうぜ！」と言いました。

確かに二人は兄弟でした。とてもよく似ていました。二人がのろのろ引いていく荷車の上で鉄筋がぶつかり合う音が聞こえ、やがて私はまた頭をもたげました。自分は壁の上のトカゲみたいな動きをしていたと思います。そして二人を見ると、小路の向こうにいなくなるところでした。荷車から鉄筋が何本か落ちて、年上の子が拾いに戻りました。例の棒を目の前に出して、あらゆる方向に回してみています。ここの男の人たちが銃でやるのと同じように。すると弟が、荷車が重いから引くのを手伝ってよと叫んで、数分のうちに二人はいなくなりました。

二回目にやってきたときは、二人は立ち止まりもせず、すばやく通り過ぎてしまいました。草が少なくて、二人は荷車を駆け足で引っぱっていきました。

三回目が最後でした。荷車には鉄筋が山積みになっていましたが、ひとつ変化がありました！　二人は、荷車を緑色に塗っていたんです。その緑色は、私が青と深緑色を混ぜて作った色に似ていました。この色は、あまり上手ではないやり方で荷車の両側のあちこちに塗られていました。いくつも塗り残しがあって、元の茶色が見えるんです。慣れない手で色をつけたんでしょう。それでも、荷車は見違えるほど新しくなりました！　車輪のスポークは明るい青に塗られ、白いナイロンのリボンで飾られていました。このリボンはナイロン袋を柔らかい紐状に切って、小さな花の形にしたもので、荷車には泥のついた根っこもそのままの草が山と積まれています。太陽の光で、根っこはからからに乾いていました。前は二回とも、根っこは切り落とされていたのに……たぶん、今回の草はゼニアオイの一種でしょう。……確信はないけれど！　二人は怒鳴り合いながら通り過ぎ、年下の子は怒っているようでした。荷車から土が落ちました。

一機の飛行機が現われ、その音が聞こえました。でも音は遠ざかっていきます。二人の男の子は空を見上げています。年下の子がつまずいて転んでしまい、年上の子はそれを見て笑ったので、年下の子はますます怒りました。二人は異常なほど痩せていました。

私は力を失いかけていたけれど、あの二人に向かって叫ぼうと心を決めました。窓を揺さぶると、私は声を絞り出そうとしました。そして、私から声が出てきました――私の叫び声が大きかったので、二人はその場に凍りつきました。私は二人に向かって手を伸ばし、手を振ってみせました。そして繋がれているほうの手も伸ばそうとしました。二人はその場に釘づけになってしまいました。外の光のせいで、二人には私の姿はまともに見えていません。私は叫びながら壁面を叩き、二人はその場に立ちすくんだままでした……自分の喉から、鋭い咆哮が聞こえました。自分から出てきたこの叫び声が恐ろしくなって、私はさらにうろたえてしまいました。

年下の子が叫びました。「中に化け物がいる！」……

年上の子が叱りつけるように言いました。「ここに化け物なんかいない……母ちゃん言ってただろ、犬が飢えて野良になったんだ。落ち着けって……一緒に来いよ」

その子は年下の子の手を摑んで、私が叫んでいるほうを棒で指しました。それから私に向かって棒を動かし、こう怒鳴りました。「バン！……バァン……バァン！」

年上の子は棒を私のほうに向けます。私は床に転げ落ちました！

その子は年下の子に言いました。「見ただろ！　何もないさ」……

私はますます怖くなりました。それで、もう一度立ち上がると、胸に痛みを感じながらもまた叫び出したんです。すると二人は逃げ出して、棒を落としました。年上の子が叫びました。「俺のライフル！……俺のライフル！」

棒を拾いに戻ってくると、二人は荷車を引いて走り去り、すぐに姿が見えなくなりました。

それから何日か、二人はまったく姿を消してしまいました。それでも、私は二人の指や小さな手を、あの日見たんです。それは私の手とそっくりで、まるで自分の体から逃げ出したかのように奇妙な感じに動いていました。あの二人は、私の手の秘密を理解してくれるに違いありません。手が舌よりも、指が唇よりも優先されるという秘密を私と分かち合ってくれるに違いない。あの子たちの指は、踊っている足みたいに動いていました。二人がいなくなったあと、私は自分の指をじっと見つめていました。私の二本の手が喋っています。私の足は歩いて怒っていやがっています。私の手は縛られていて、紐と会話しています。私は両手で描くんです。私の手の秘密は、動いているときだけ明らかになるのではないと、私は悟らなくてはなりませんでした。手は、手という独立した存在を創り出すことができるんです。私の体のどの部位もそうでした。どの部位も他の部位から独立していて、それぞれの部位は私の体の中でひとつの存在をなしています。私の土の星がある頭だけ、脳に変わっていく足だけ、舌に変わっていく指だけというのではなく、すべての部位で直接独立した存在になるんです。最近、私の心臓は、元の居場所を捨てて別の場所に移りました。胸の左側の重みはなくなり、そこは空っぽになりました。

あなたにこんな話をしているなんて不思議ですね。飛行機が飛んでいる空の下、草を積んだ荷車を引く二人の男の子の話、二人がいなくなった理由、それから私の心臓がなくなった話になって、爆撃の写真を撮りに出ていったまま帰ってこないハサンの話！

私の叫び声を聞いたあと、こわごわと地下室を見ていた年上の男の子は、目を見開きました。あの子は泣かずに年下の子の手を摑んで、荷車を引いて逃げ出しました。荷車がひっかかって、二人は転んでしまいました。この話は、少し前に詳しく話したので、あなたは私が同じ話を繰り返しているように感じるでしょう。でも、中心が重なった円の構造をもつという、物語についての私の理論を、詳しく語り直すことでしか物語は完成しないということを、あなたは今、わかるようになったと思います。

さっきお話ししたように、二人は駆けていって、二人と一緒に色も消えてしまいました。あのとき以来、二人の男の子がいなくなったあと、私は新しい色を見ていません。

でも実際、私は今考えているんです……二人の男の子はどこにいるんだろう……どこに住んでいるんだろう？

私のことをただの亡霊だと思った？　どうしてこの小路はあまり人が通らないの？　皆はどこに消えてしまったの？

きっと、二人は私のことを誰かに伝えてくれるはず。ハサンを待つ？　それともあの子たちと一緒に行く？

二人と一緒に行ってしまったら、私はハサンを失うでしょう。もうそういう細かいことは私にはどうでもよくなりました。今、私にとって重要なのは、色鮮やかな二人の男の子です。二人は戻ってきてくれるはず。二人には、荷車にきれいに色を塗る方法と、色の混ぜ方を教えるつもりです。

二人は大急ぎで逃げていき、走り去ってしまいました。家族はいるの？　お母さんはいる？　いえ、あの子たちの家族もいなくなってしまうかもしれません。私が会った人々が皆そうだったように。ウンム・サイードは、土の半身像になってしまったでしょう？　もしかすると、あの子たちは紙でできていて、火や爆弾で散り散りになってしまったかもしれません。

私にはわかります。二人は怖がって、逃げていったんです。あの子たちがウンム・サイードのような土の像に変わってしまうはずはありません。ウンム・サイードはあそこにまだいるのかしら……半分の体のまま？　これはつまり、私たちは、土だけでできているのではなくて、画用紙みたいな、紙でできているということで、私の体やこの両手も切り刻まれた紙くずの山に変わってしまう可能性があるということなんです。どうして爆弾は人の体を木っ端みじんにしてしまうの？

頭の上で蠅が飛び回っていて、いらいらします。ところが。蠅は私の目の前でくっついてしまいました！

蠅は、黒い点の上にくっついています。その点がべたついているようにも見えるけれど、どうやってくっついたのかしら？　私の周りに糊のようなものなんてないのに。私の周りにあるものはどれもからからに乾ききっています。

蠅がくっついている！　ウンム・サイードの体と違って、まっぷたつになったりしない！　でも蠅は、くっついたまま青い翅を震わせて音を立てています。ブブブブブ……ブブブブブ……いいえ……青いのは蠅の体。蠅の体、なんて言うのかしら。蠅には体があると思いますか？　私が言葉の使い方に熟達していないことは知っていますよね。色が好きなように、私は本を読むのも好きだけど、蠅の真ん中の部分をどう呼ぶかはちょっとよくわかりません。とにかく、それは緑がかった青い色をしていました。

この場所にいるのは、蠅と私だけです。

蠅は私と一緒にいて、お互いに見つめ合っています。ときどき通り過ぎるあの犬は、私は見ているけれど、向こうは私を見ていません。でも、蠅は私を見ています。私たちというのは、犬と三匹の蠅とそれから私……私たち、五つの存在が、ここで生きています。

一匹目の蠅はくっついています。何の上にくっついてしまったのか、不思議です。三角形に似た、ただの点なのに。これは、紙の包みの縁と壁の端の間にある一滴の血の痕。蠅はそこにくっついているので、私はその翅を一枚、蠅の体から外すことができます。これは、私たちの周りにある、結合体としてできたものにはできることだと思います。私の体の部位はひとつに結合されていて、離れ離れになったりはしません。でも、私の周りのもののさまざまな部分はいとも簡単に離れてしまう。ここでは、そういうことが起こりうるんです。この一枚の翅は、簡単に取り外せます。それからもう一枚の翅も。そうやって私は二枚とも取ってしまいます。二枚の翅をむしる作業には音すらしません。ぞっとするほど大きな蠅。二枚の翅をむしったというのに、どうしてこの蠅は私を慄かせることができるのかしら。二枚の翅にも色がついています。全体にではなく、真ん中だけ。二枚の翅は透明で、まるで細い羽根で描かれたかのように繊細で柔らかな黒い筋が何本も走っています。一枚目の透明な翅の向こうに、自分の指が見えます。私がゆっくりと引き抜いた二枚目の翅は、細い線でより優美に飾られています。私は二本の指であっさり二枚の翅を壊してしまい、二枚の翅は白い塵になってしまいました……何もない……物質は消えてなくなり、蠅の残りの部分がのろのろ動くようになりました。それは煌めく青いかたまりでできています。こんなに細くて小さな足が、どうして粘り気のある血の点にくっついたのかしら。たぶん、これは血痕じゃない。壁の近くで飛び散った便の一部です。蠅からできた青緑色のかたまりも、少ししたら何もなくなってしまう。姿を消すのは簡単なことです。かつてウンム・サイードの体の下半分は胸の下で元気に動いていたのに、突然、どこかにいってしまった。なぜ体の上半分だけ完全に残ったの？　こんな偶然がどうしたら起こるのかしら？

私が見つめているうちに、蠅は徐々に動きを失っていきました。積み上げられた紙の包みと壁の間、そして私の目の真下の、あの片隅に詰め込まれて。

もう二匹の蠅は数分間だけ姿を消し、その後窓辺に現われました。あの二匹の翅も抜いてしまおうと思います。でも、あの翅に指でむやみに触ったりはしません。色がきれいなんです。特にあの、透明な青い翅のフィルムの上にちりばめられた深緑色の筋が。私にはわかりません。どうしてあの蠅が、二匹の仲間を置き去りにして、ここにやってきて、この乾いた血の点の上にくっついてしまったのか。それからこの点は……これは誰の血なの？

お腹が空いた。

麻痺している感覚が膝まで上がってきます。

お腹が空いた。

喉が渇いた。

ここには水も食べ物もありません。最後の林檎は萎びていて、前にも言ったように、種も一緒にむさぼり食らってしまいました。二匹の蝿はまた私の近くにやってきて、頭の上を旋回しているけれど、私は両手を高く挙げて払うことができません。壁際の窓のところまで戻りたい。通りに目をやりたい。きっと、あの二人の男の子が通りかかるはず。……

あなたに細かいところまですべて伝えようとしているのだけど、うまくいきません。残った力を失いつつあります。ひとつひとつ、物語の細部をあなたに伝えようとしているのに、できないんです。ここ何日か、指が痛みます……あなたが私の立場だったら、どうしますか？

二、三週間、もしかしたらそれより多いかもしれないし少ないかもしれないけれど、私はここにいます。最後に食べたときのことを思い出せません。ハサンが持ってきた赤い林檎……果物の入った袋があったんです！　私は林檎を食べました……喉にしみる種の苦さ。でも、私が林檎で一番好きなのは、実は中の種だったりします。

……何日経ったんだろう……

なぜ私は自分のヒジャーブから糸を抜くのをやめてしまったのかしら。毎日、一本ずつ糸を抜いてきたのに。もうそれをいつやめたのかも思い出せません。ヒジャーブは薄かったから、私は必要なだけ糸を抜くことができたはずだけど、やめてしまいました。

そんなことをしていたのを、どうして私は忘れてしまったのかしら。どうやって時は私から逃げていったのかしら。それが、私が今必要としている一番重要なことだったのに。私は起き上がれませんでした。私はここに最後に残っていたものを食べました。腐ったジャガイモと二個の玉ねぎ。地下室の壁の隙間を歩き回っていたときに、紙の包みの陰で見つけました。私の両手は、今、ただ私の前にあります。私の指も目の前にあります。紐が手首の周りに残した赤い部分は大きくなり、ひりひりと痛みます。皮膚が剝けるほど強く締めつけたので、紐の結び目の下から血が出てきていました。この結び目を解こうとしましたが、何をやってもいっこうに解けませんでした。

昨日、私は窓の鉄柵に頭をぶつけて、結び目を解こうとしたんですが、ハサンはものすごく固く結んでいました。紐を錆びたペーパーナイフで擦ってみたけれど、何の役にも立ちません。紐の色は灰色になりました。かなり太くて、手ごわい紐。

ペーパーナイフで、紐の一部を切りました。でも紐は鉄のようで、繊維ひとつほぐれません。

昨日の夜、錆びたペーパーナイフが真っ二つに折れました。

今日、折れたナイフの一方で指を切ってしまい、血が出ました。私は黄色いシャツの切れ端で指を巻きました。切れ端に血の染みがついて、黄色が紫色に変わりました。

腹ばいになって眠りながら、私はあなたに宛てて書いています。言葉を並べるのにずいぶん長く時間がかかるようになってしまいました。指が動かないんです。虫が部屋を飛び回っています。私のマットレスは湿っていて、学校のトイレ掃除をするお母さんについていったときに嗅いだのと同じ臭いがします。ここのほうが、刺すような臭いがきついです。私は、ペーパーナイフの小さなかけらで、まだ太い紐を擦り続けています。紐自体が私の手の皮膚を傷つけるナイフのようになってしまいました。横目で地下室の窓を見ています。空のかけら。真っ青な。飛行機の騒音もなく、爆撃の轟音もない。すさまじい真昼の暑さの中、しんと静まり返っています。

頭が回っている。私の周りで部屋の壁が動いています。

それから――彼らが私に向かって進み出てきます。かつてスアード女史の図書室でもそうだったように。――星の王子さまが、星々を手にして、私の隣に腰かけています。そして、太い紐の結び目にその手を乗せてくれます。王子さまの周りには、アリスや、象や、にやにや笑いの猫や白兎、そしてアカギツネとウワバミが勢揃いしています。

彼らはここにいました。私は横目で空のかけらを、そして彼らを見ています。手を振ろうとしても、手を挙げることができなくて。

私はあなたに宛ててもう片方の手で書いています。でも、手が震えるんです。

地下室の床は白い紙だらけです。私が全部撒き散らしてしまいました。私が色をつけた紙は、私の頭の周りを飛んでいます。私の箱から出てきて、王子さまの星の間を飛行しています。私はテレビの画面を見るように、その動きに目をやります。

集中できません。お腹が空いています。たぶん、あの草を積んだ荷車の二人の男の子が戻ってくるはずです！

私の物語は終わっていません。ハサンの物語もまだ始まったばかり。

いなくなってしまったお母さんの物語も。

いなくなってしまった坊主頭の女の子の物語も。

いなくなってしまった兄さんの物語も。

いなくなってしまったウンム・サイードの物語も。

いなくなってしまったハサンの物語も。

いなくなってしまった二人の男の子の物語も。

いなくなってしまった犬。

いなくなってしまった蠅。


私は物語です。私はいなくなってしまう。

今、あなたが撒き散らされた私の言葉を読んでいるとき、きっと私はあなたと一緒にいますよ。アリスの物語のにやにや笑いの猫みたいに。……

また指が震えています。まだペンのインクは尽きていません。でも青の色がかすれてきて、文字が消えてしまうので、もう一度書き直しています。……たぶん、いつやめてしまってもおかしくありません。

目に小さな蟻が走っているような感じがします。一匹の蟻が目から出てきて、視界を邪魔します。私の視界は、蟻の色みたいな茶色をしています。蟻は、私の頭の中にも広がっていきます。

私たちは、お母さんが掃除をするご婦人の家に向かうために出てきたところです。そのご婦人は、私に読み書きを教えてくれて、私を、今ある私にしてくれた人です。

私たちはまだ出てきたばかりです。……

私たちは小さな白いバスに乗って出かけました。

ほんの短いお出かけでした。それまで何十回としてきたような！

喉が渇いています。

頭が回っています。

もう文字に集中できません。

だから私は、叫ばなくては。――

訳者あとがき

本書はシリアの作家サマル・ヤズベクが二〇一七年に刊行した長篇小説 *Al-Mashā'a* の全訳である。一九七〇年にシリアのラタキア県ジャブラに生まれたサマル・ヤズベクは、一九九九年に文筆生活に入り、二〇二四年現在、長篇・短篇集合わせて十二冊を刊行している。二〇〇九年には、当時三十九歳以下の有望なアラブの作家三十九人を挙げた「ベイルート39」にも選ばれ、早くから高い評価を得ていたが、二〇一一年に始まったシリア危機は彼女の生活を一変させ、その後の作品にも大きな影響を与えた。

二〇一一年以降のヤズベクは、アサド政権に対する反体制運動「シリア革命」の当事者として、「文学的語り（literary narrative）」の形式をとった作品に着手する。自身の経験を投影したノンフィクション的な二作、『交戦（十字砲火）』（二〇一二年）と『無の国の門』（二〇一五年。二〇二〇年に邦訳が白水社より刊行）はいずれも好評を得て国際的な賞を受賞した。

二〇一一年を境に、ヤズベクが小説作品から記録や証言を主体とする文学表現へと移行したのは、祖国の荒廃を目の当たりにし、その現状を伝えようとした使命感ゆえと考えられるが、「シリア革命」以降の絶望的な展開に圧倒される形で小説執筆への意欲が後退した結果と見ることもできる。女性と子どもの支援団体を設立し、シリアの現況と向き合ってきたヤズベクは、二〇一四年以降帰国を断念し、シリア国内の活動とは物理的に距離を置いた（この経緯については『無の国の門』に詳しい）。本書『歩き娘』は、ヤズベクが創作に復帰した記念すべき作品で、英語、フランス語など十二か国で翻訳され、ハーリド・オスマンによる仏訳 *La marcheuse* は、二〇一八年度フェミナ賞（外国文学部門）最終候補作となり、レリ・プライスによる英訳 *Planet of Clay* は、二〇二一年度全米図書賞（翻訳部門）の最終候補作となった。

『歩き娘』は、二〇一三年にシリアで実際に起きた出来事を下敷きとしながら、ある十代の少女が綴った手記の形で展開していく物語である。

語り手（本文中にさりげなく「リーマー」という名前であることが明かされている）は、本人の意思に関係なく足が勝手に歩き出してしまうという奇癖を持ち、しかも自らの意思を発話の形で表わすことができない。発話の障害はおそらく幼い頃の経験に起因するストレス障害と思われ、言葉にならない叫び声をあげたり、意思の表明ではない本の音読をすることはできて、『クルアーン』の朗詠は隣人たちに「石も涙する」と評されるほど見事だという。彼女はそうした自らの数奇な生い立ちと、久しぶりの外出から始まったある夏の顛末を、いつか手記を見つけてくれるであろう「あなた」に宛てて綴っていく。

この物語の背景には、二〇一三年にダマスカス郊外県東グータで起きたアサド政権軍による包囲戦がある。二〇一三年二月に東グータのジョーバルは反政府武装勢力に制圧され、「(アサド政権からの）解放地域」となった。これに対し、アサド政権軍は同年五月に東グータに至る道路を封鎖し、爆撃する包囲戦を開始した。八月には東グータのザマルカーなど複数の町に、猛毒の神経ガス、サリンを使用した化学兵器による攻撃が行なわれ（アサド政権は本件への関与を否定している）、反政府武装勢力側の主張では一千人以上が死亡している。また道路の封鎖によって東グータには食糧・水・医療品など必要物資が届かなくなり、同年九月にＮＧＯ「国境なき医師団」は人道支援が阻害されている現状を訴え、封鎖の早期解除を要請した。こうして多数の民間人を巻き込んだ包囲戦ののち、二〇一八年にアサド政権は東グータの支配を回復した。

母親がいなくなったあと、反体制活動に参加する兄に連れられて語り手が行き着いたのは封鎖下の東グータであった。彼女が直面した恐怖と窮乏は、東グータの（戦闘とは関わりのない人も含む）住民が経験したものである。廃墟となった印刷所の地下室で、語り手は自らの見聞を通してシリアの人々がこの時期に受けた抑圧と暴力を克明に書き綴っている。

本書の物語であるこの手記からは、当時のシリアの壮絶な状況とともに、語り手を取り巻く環境とその内面世界の成長が読み取れる。

語り手は、幼い頃から家族以外の社会からほぼ隔離された環境で育った。歩くのをやめられない奇癖と発話障害ゆえに学校教育を受けられず、第二次性徴期を迎えたあとは女性としての「尊厳を守るため」という理由で外出を制限された。二〇一一年以降は街区の外にまったく出ず、テレビを見る機会も減らされている。語り手の母親がこうした措置により外部の危険から娘を守ろうとしたことは理解できる。母親の好んだ『クルアーン』の「ユースフ」章の章句は、優れた弟ユースフを妬んだ兄たちがユースフを殺害するため外に連れ出そうとするくだりで、娘を外に出すことへの恐怖と迷いが母親に常にあったことがうかがえる。しかし母親が採ったこの措置は、保護であると同時に、娘を拘束し外部との交流を遮断するものでもあった。保護と抑圧は紙一重であるといえる。

語り手が、ウンム・サイードらが施す世話に反発する場面からは、周囲の人間によって彼女が無能力者に仕立て上げられている状況が透けて見える。語り手があれこれ世話を焼かれるのは、周囲の人々の不安と偏見によるところが大きく、必ずしも彼女の利益に適ってはいない。ただ、問題を複雑にしているのは、語り手への拘束は、家族や親しい人からの愛情の証、絆でもあると認識されていることである。彼女にとって拘束を解かれることは身近な人を失うことであり、自立して新たな人間関係を築く必要に迫られる事態であった。

これは特異な属性の持ち主である語り手だけが直面した問題だったのかと言えば、実は本書に登場する女性の多くは、程度の差はあれ同じような境遇に置かれている。家族以外とほとんど交流がなく、自らの意思を発話できず、さまざまな制約の中で暮らす語り手の姿からは、たとえばシリアの作家ガーダ・サンマーンが短篇「猫の首を刎ねる」に仲人口として記した、「彼女の口は食事するためのもの、話をするためじゃない。その唇に接吻したことがあるのは母親だけ。彼女がおまえ（夫）の許可なく家を離れるのは墓に行くときだけ」*という昔ながらのイスラーム社会の保守的な価値観を体現した「理想の嫁」の条件が想起される。期せずしてこの条件を満たす語り手の状況は、保守的な価値観によって制限された女性全般のそれと重なる（付言すると、これは「イスラーム社会」すべてにあてはまる話ではなく、社会の伝統及び保守性と深く関わる問題であり、不用意な一般化は避けるべきである）。

　他方で、イスラームにおける女性は保護すべき存在であるとの通念のもと、「女性の尊厳を守る」という名目でなされたいくつもの行為や決定が、当の女性を守るどころか、その命を危険にさらすことさえあるという事態が本書の随所に現われる。保護の認識が、合理的な判断を伴わない形で語り手や他の女性たちを家屋や衣服の内に閉じ込める行為に結びつき、また女性はそうした（過剰かつときに誤った）保護を必要とするはずだという思い込みが、この理不尽を生み出している。

　封鎖された都市で二重に閉じ込められた語り手の窮状は、外に出て人々や社会との交流を持つことが生存と解放に繋がることを示唆している。四歳で自らの発話を封じた語り手が、声をあげたいと願うようになるのは、外部の人間に対する感情が、恐怖と無関心から共感や信頼に変化していく過程と重なっている。本書は世界が閉ざされていく中、語り手が外に向かって自らを開いていく物語であり、彼女は外部の誰かである「あなた」に自らの物語を伝える作業に向かう。

　語り手が思いを寄せたハサンは戦闘員であると同時に撮影係で、外部に自分たちの現状を伝える役割を担っている。現況を示すデータや映像・動画の公開は、実際に二〇一一年以降のシリアで反体制の立場を取る人々を中心に活発に行なわれてきたことである。彼らの外に向けた努力＝物語がむなしく終わる可能性を知りつつも、伝えたいという願いの強さをまず私たちは受け取るのである。

本書の面白さは、現実に起きた凄惨でグロテスクな出来事以上に、語り手が紡ぎ出す内面世界の描写が鮮烈で印象に残るところにあると思う。文字と発音記号、言葉とその意味、出来事や書物の記述を咀嚼し、新たに組み上げていく語り手の発想のひとつに、事象を絵画的にとらえ、線描きで表わしていく手法がある。この線描きのアイデアが発露するのは、二年ぶりに街区の外に出たとき、バスの乗客を見て「描きかけの円みたい」と思いつくシーン（三十三ページ）で、一見突飛ではあるが外部の刺激によって彼女の内面が充実することを示して興味深い。

語り手の豊かな想像力と優れた知性・技能を培ったのは、スアード女史の教育と称揚によるところが大きいだろう。語り手が愛読した『星の王子さま』や『不思議の国のアリス』、『カリーラとディムナ』、『言語学』はいずれも含蓄に富み、難解さもある作品である。文字からこれらの書物に至り、シャガールの《町の上で》の魅力を語るスアード女史の個人授業には、作者自身の教養の獲得過程や教育観が垣間見えて面白い（なお「女史」は、社会的地位や名声を持つ女性に用いられる敬称で、現在の日本社会では旧弊な表現と取られるかもしれないが、原語 sitt も女性に用いられる敬称であり、訳者も本書では女性を区別して表わす言葉を残すべきと考えたためこの訳語を採用した）。本書における女性と子どもの存在感は、もちろん語り手が置かれた環境のせいもあるが、女性と子どもの可能性と能力に着目する作者の確信の表われであろう。

語り手がとまどいながら成長していく中で、彼女に関わってくれた人たちは次々といなくなってしまう。この物語ではあまりにもあっけなく人がいなくなるが、二〇一一年以降のシリアの異常さは、この、死亡

＊　ガーダ・アル＝サンマーン「猫の首を刎ねる」（岡真理訳）、池澤夏樹個人編集『世界文学全集Ⅲ－05　短篇コレクションⅠ』（河出書房新社、二〇一〇年）、四七〇頁。

または失踪によって「人がいなくなる」事例の多さにある（二〇二三年時点でシリア内戦の死者は五十万人を超えており、行方不明者も数万人といわれる）。二〇一一年以降、人が忽然と姿を消す中で、無の感覚を語り手は繰り返し味わい、いずれは自分もいなくなってしまうという予感を抱くが、最終的には、いなくならないものがあることを実感する。それは、彼女が内面にうち建てた星々のきらめく世界であり、物語が「あなた」に伝わることで立ち現われる彼女の姿である。

少女の手記という本書の設定において、今私たちが目にしているものは、散らばった手記の断片である。彼女が語りかける「あなた」とは私たち自身にほかならない。地下室は発見され、手記は外の世界に聞かれていく。その意味の大きさを知るときに、私たちは改めて、二〇一三年に消息を絶ったシリアの活動家ラザーン・ザイトゥーナに本書を捧げた作者の意図を嚙みしめるだろう。

作者サマル・ヤズベクは、二〇二〇年のインタビューで本作について、隠喩を用いたことも含めて「レースを編むように常に細部にまで気を配りました」（山本薫編『グローバル関係学 Online Book Launch シリア知識人との対話――ヤシーン・ハージュ・サーレハとサマル・ヤズベク』二〇二一年、九十六ページ。本書はインターネット上でも公開されている）と語っている。複雑な要素が織り込まれた語り手の設定からもその入念な仕事は読み取れる。翻訳作業の終盤で、「私をつかさどる精神は、頭ではなく下の足のほうにある」（七ページ）という語り手が、頭（＝大統領。アラビア語では「頭」と同語根の語である）の意図にかかわらず、下にある足＝国民が自律的に行動を起こしたシリアと重なることに思い至ったとき、歩き娘という奇妙な設定がようやく腑に落ちた気がした。十代後半で、子どもと大人の女性のあいだにある語り手は、社会的な弱者となる子どもと女性の苦難を見届け、引き受ける存在でもある。読み返すたびに発見があり、それだけに難しい作品であったと思う。

激動のシリアで発現した語り手の自由奔放な想像力と独特の論理構成は作者サマル・ヤズベクの面目躍

如ともいえるもので、表現の繊細さも相まって本書の理解と翻訳は大変難航したことを告白しておきたい。本当に悪戦苦闘の連続で、拙さはすべて訳者に責任がある。なお、本文中の『クルアーン』の訳は井筒俊彦訳『コーラン』中巻（岩波文庫、一九六四年改版）に拠った。この訳業はひとりでは七転八倒のままだったと思う。本書の翻訳を提案し、獅子奮迅の活躍でともに格闘してくださった白水社編集部の金子ちひろさんに心からの感謝を申し上げる。

二〇二四年四月

柳谷あゆみ

本文中には今日の人権意識に照らして不適切と思われる語句を含む文章もありますが、
作品の時代的背景に鑑み、また作品の原文を尊重する立場から、そのままとしました。

——編集部

訳者略歴

慶應義塾大学文学研究科後期博士課程単位取得退学。早稲田大学、慶應義塾大学などで非常勤講師（アラビア語担当）。歌人として第一歌集『ダマスカスへ行く　前・後・途中』（二〇一二年）で第五回日本短歌協会賞を受賞。アラビア語からの翻訳に戯曲『3 in 1』、ザカリーヤー・ターミル『酸っぱいブドウ／はりねずみ』、サマル・ヤズベク『無の国の門』（以上、白水社）、アフマド・サアダーウィー『バグダードのフランケンシュタイン』（集英社）などがある。

歩き娘　シリア・2013年

二〇二四年五月二五日　印刷
二〇二四年六月二〇日　発行

著者　サマル・ヤズベク
訳者　© 柳《やなぎ》谷《や》あゆみ
発行者　岩堀雅己
印刷所　株式会社三陽社
発行所　株式会社白水社

東京都千代田区神田小川町三の二四
電話　営業部〇三（三二九一）七八一一
　　　編集部〇三（三二九一）七八二一
振替　〇〇一九〇-五-三三二二八
郵便番号　一〇一-〇〇五二
www.hakusuisha.co.jp

乱丁・落丁本は、送料小社負担にてお取り替えいたします。

株式会社松岳社

ISBN978-4-560-09355-9

Printed in Japan